U0916305

WALT WHITMAN

(美)惠特曼◎著　邹仲之◎译

惠特曼诗选

长江出版传媒 | 长江文艺出版社

图书在版编目（C I P）数据

惠特曼诗选 / （美）沃尔特・惠特曼著；邹仲之译
. -- 武汉 : 长江文艺出版社, 2020.7
（统编高中语文教科书阅读书系）
ISBN 978-7-5702-1538-6

Ⅰ. ①惠… Ⅱ. ①沃…②邹… Ⅲ. ①诗集－美国－近代 Ⅳ. ①I712.24

中国版本图书馆 CIP 数据核字(2020)第 065359 号

责任编辑：谈　骁　　　　责任校对：毛　娟
封面设计：天行云翼・宋晓亮　　　　责任印制：邱　莉　王光兴

出版：长江出版传媒 | 长江文艺出版社
地址：武汉市雄楚大街 268 号　　　　邮编：430070
发行：长江文艺出版社
http://www.cjlap.com
印刷：武汉中科兴业印务有限公司

开本：640 毫米×970 毫米　1/16　印张：14.25　插页：1 页
版次：2020 年 7 月第 1 版　　2020 年 7 月第 1 次印刷
行数：3942 行

定价：23.00 元

目　录

自己之歌（节选）

我赞美自己，歌唱自己，
我拥有的一切你也会拥有，
因为属于我的每一个原子同样属于你。

我优哉游哉邀请我的灵魂，
弯腰闲看一片夏天的草叶。

我的话，我血液中的每一个原子，成自这泥土、这空气，
我出生在这里，我的父母、父母的父母也出生在这里，
我，今年三十七岁，身强力壮，开始歌唱，
打算就这么唱下去直到死。

我脚踩大地，涌出百种情感，
我在户外成长这叫我心醉，
我爱生活在牛群中、海洋与森林的气息中的人们，
爱造船和驾船的人们，爱挥动斧头和木槌的人们，爱赶马的人们，

我能一个又一个礼拜和他们吃在一起，住在一起。

我既年老又年轻，既愚蠢又聪明，
既不关心别人，又永远关心别人，
是母亲又是父亲，是孩子又是成人，
是许多民族中一个民族的一分子，最小的民族和最大的民族都一样，
是南方人又是北方人，一个住在河岸上的冷淡又好客的农夫，
一个准备按自己的方式做买卖的美国人，
一个在湖上、在海湾或沿海航行的船夫，一个乡巴佬，
喜欢穿加拿大雪鞋或走进山林或和纽芬兰的渔民待在一块儿，
喜欢加入冰船队，和别人一道顺风航行，
喜欢待在佛蒙特的山上、缅因的森林里或得克萨斯的牧场上，
是放木排的人和煤矿工人的伙伴，是所有握手言欢、共享酒肉的人们的伙伴，
是最俭朴的人的学生，是最富有思想的人的老师，
一个刚刚涉世又饱经沧桑的人，
我有每一种肤色和地位，属于每一个阶层和宗教，
我是农夫、机械工、艺术家、绅士、水手。

我是运动员的教练，
我教出的那小子挺起一副比我的还要宽阔的胸膛倒证明了我的宽阔，

最尊重我的风格的人要在我的教导下学习，然后击败我。
我喜欢的小子都是这样靠自己而不是靠别人成为堂堂男子汉，
他宁愿邪恶也不要在顺从和恐惧中训出的美德，
他宠着自己心上的姑娘，大啃大嚼着牛排，
单相思或遭人轻贱，比钢刀割他还难受，
骑马、打架、射击、驾船、唱歌、弹琴，都是一流的好手，
宁愿脸上有疤，胡子拉碴的，长着麻子，也不要油头粉面，
喜欢那些晒得黑黑的人胜过躲避阳光的。

我知道自己结实强健，
宇宙万物向我滔滔奔涌而来，
一切为我写就，我必须知道它们的含义。

我知道我是庄严的，
我无须费神为自己辩护或求得人们理解，
我知道根本的法则从不为自己辩护，

我按自己的方式生存，这足够了，
即使世上没人理解我，我安然而坐，
即使世上没人不理解我，我安然而坐。

有一个世界是理解我的，对于我它是最大的世界，那就是我自己，

无论今天或千百万年之后我来到我自己，
今天我能愉快地接受它，也能同样愉快地等待它。

我的立足点深扎在花岗岩里，
我嘲笑你们所谓的消亡，
我懂得时间的广阔。

我是肉体的诗人，我是灵魂的诗人，
天堂的欢乐和我在一起，地狱的痛苦和我在一起，
我把欢乐根植于我并发扬滋长，我把痛苦转化为一种新的语言。
我是女人的诗人如同是男人的诗人，
做个女人和做个男人同样伟大，
没有什么比人们的母亲更加伟大。

我是那与温馨的、越加深沉的夜一同行走的人，
呼唤被夜半拥半抱的大地和海洋。
紧紧压住吧，袒露胸膛的夜——紧紧压住吧，魅力十足的滋润的夜！
南风浩荡的夜——疏星明朗的夜！
安静入睡的夜——疯狂的赤裸的夏天的夜！

啊，微笑吧，妖冶的气息平和的大地！
大地上清新的树木正在沉睡！

大地上夕阳已经西下，云雾缭绕山峰！
大地上淡蓝色圆月倾洒清辉！
大地上河水陡涨，闪动明明暗暗的光芒！
大地上灰色的云因我而更加明亮清澈！
大地无垠扩展，大地开满了苹果花！
微笑吧，你的爱人来了。

你，大海呀！我把自己也交付给你——我猜透了你的心思，
我在海滩看到了你弯曲的手指在召唤我，
我相信你没有触摸到我就不肯退回，
我们必须亲热一场，我脱下衣服，匆匆离开陆地，
温柔地托住我吧，你的巨浪摇得我昏昏欲睡，
用你多情的液体冲刷我，我会回报你。
大海，你的浪涛向着陆地滚滚涌来，
大海，你的气息粗犷激烈，
大海，赐予生命的盐水和无须挖掘的现成墓地，
大海，你呼唤、聚敛着风暴，你任性无常又风度翩翩，
我跟你结为一体，我也是既单一又多样。

沃尔特·惠特曼，一个宇宙，曼哈顿的儿子，
躁动，肥壮，好色，吃着，喝着，生殖着，
和伤感不沾边，不凌驾于男人和女人之上或远离他们，
不谦虚也不狂妄。

我在人群中一声高呼，
声音镗镗鞳鞳，横扫一切，不可更改。

通过我灵性波澜起伏，通过我潮流汹涌澎湃。
通过我发出了许多长久喑哑的声音，
许多世代的囚徒和奴隶的声音，
病人和绝望的人的声音，
被践踏的人们要求权利的声音，
我很少啰唆那些被人说过的东西，
而是畅谈无人说过的生命、自由和解放，
我瞧不起中性和被阉割的家伙，喜欢体格健全的男男女女，
我敲响叛逆的大锣，和逃亡者、和图谋造反的人患难与共。
我懂得英雄们的雄心壮志，
当代和一切时代的勇气豪情，
烈士们的轻蔑和镇定，
一位古代的母亲，被控为女巫，被干柴烧死，她的孩子们盯着看，
被追捕的奴隶，跑得筋疲力尽，靠着篱笆，喘着气，浑身是汗，
他的腿和脖子针扎似的疼痛，
我感受到这一切，我就是他们。
我就是那个被追捕的奴隶，躲避狗咬，
死亡和绝望悬在我头上，射手们咔哒咔哒开着枪，

我抓紧篱笆的栏杆，流出的血和汗混在一起，
我倒在草丛和石头堆里，
骑马的人踢着无精打采的牲口，他们走近了，
他们在我昏沉沉的耳边谩骂，用鞭杆猛揍我的脑袋。
濒死的疼痛是我的家常便饭，
我不问受伤的人有何感觉，我自己就受伤了，
我拄着棍子瞧着自己的伤口已经发青。

永远是坚实不沉的大地，
永远是吃着喝着的人们，永远是升起落下的太阳，永远是风和
　不停顿的潮汐
永远是我和我的邻居，爽快的、邪恶的、实在的，
永远是古老的不可解答的疑问，永远是心头的痛、令人苦思渴
　想的生命，
永远是爱，永远是为了生活哭泣的泪水，
永远是脖子上的绳索，永远是死者的灵床。

老鹰俯冲过我身边，他训斥我，怪我饶舌、逗留拖延。

我也桀骜不驯，我也不可理喻，
我在世界的屋顶发出粗野的号叫。

白天最后的脚步为我停留，

它把我的影子随着其他影子、和所有影子一样投在黑蒙蒙旷野，
把我慢慢化为雾气和黑暗。

我像风一样离去了，对逃走的太阳甩甩白发，
我把我的肉体倾入漩涡里漂流。

我把自己交付给泥土，我将从我爱的青草里长出来，
假如你需要我，就在你鞋底下找吧。

你会不知道我是谁、我的意思，
但是我有益你的健康，
会清洁、充实你的血液。

第一次找不到我，继续保持勇气，
在一处错过了我，就去别处寻找，
我总会在某个地方等着你。

有个孩子天天向前走

有个孩子天天向前走，
他看到的第一样东西，他就成了那样东西，
那天，或那天的某个时辰，或在许多年里，
或年复一年，那样东西成了他的一部分。

早开的紫丁香成了这孩子的一部分，
还有草，白的红的牵牛花，白的红的苜蓿，鹟鸟的歌声，
还有三月里下的羊羔，母猪的一窝粉红的猪仔，母马的驹子，
　母牛的犊子，
还有谷仓院子里或池塘泥泞边一巢叽叽喳喳的雏鸟，
还有那美丽奇妙的池水，还有那么奇妙地在水下悬浮的鱼，
还有长着优雅、扁平的头的水草，都成了他的一部分。
四月和五月的田间幼苗成了他的一部分，
越冬庄稼的苗、浅黄的玉米苗、园子里的胡萝卜，
还有开满花的苹果树，以后会结出果子，还有木浆果和路边最
　普通的野草。

他的亲生父母，那个给他做父亲的男人和在子宫里孕育他、生了他的女人，
他们还把比这更多的心血给了这个孩子，
在后来的每一天他们都在给，他们成了他的一部分。

母亲在家不声不响把盘子摆上餐桌，
母亲说话温和，衣帽洁净，走过时从她身上和衣服上发出健康的气味，
父亲强壮，自负，男子气十足，老练，好发脾气，不公正，
爱揍人，说话又急又响，吝啬，爱讨价还价，狡猾却有魅力，
家里的习惯、言谈、客人、家具，渴望和兴奋的心情，
无法否认的慈爱，真实的感觉，到头来可能会落空的想法，
那些白天的疑惑和夜晚的疑惑，奇妙的猜想和设想，
眼前的东西是不是真就这样，还就是些闪烁的光点？
大街上的男女熙熙攘攘，他们不是些闪烁的光点又是些什么？
那些大街，那些高楼大厦的外表，橱窗里的货色，
车水马龙，铺了厚木板的码头，渡口上人流浩荡，
日落时从远处看到的高地村庄，当中的河流，
阴影、光晕和雾气，光落在两英里外的白色棕色的屋顶和山墙上，
近处的帆船困恹恹顺流而下，后面懒洋洋地拖着小船，
匆急翻滚的波涛，浪头宏大，转瞬碎裂，
层层彩云，一抹长长的紫酱色孑然静卧，横在广阔的清明里，

地平线的边缘，飞翔的海鸥，盐碱滩和海滨泥巴的香味，
这些成了那孩子的一部分，他天天向前走，现在，将来，他永远天天向前走。

我歌唱带电的肉体

1

我歌唱带电的肉体，
我喜爱的人围着我，我也绕着他们，
他们不让我离开，直到我跟他们一起走，回应了他们，
使他们不堕落，用灵魂的电荷充实了他们。

谁怀疑过，那些败坏自己肉体的人会掩藏自己？
那些亵渎生者的人和亵渎死者的人同样卑鄙？
肉体没有和灵魂一样功绩良多？
如果肉体不是灵魂，那什么才是灵魂？

2

对男人和女人肉体的爱难以说清，肉体本身就难以说清，
男人的肉体是完美的，女人的肉体是完美的。

脸上的表情难以说清，
但是一个健全男子的表情不仅呈现在脸上，
还呈现于他的四肢和关节，奇妙地呈现于臀部和手腕的关节，
呈现于他的步伐、脖子的姿态、腰膝的弯曲，衣裳不能遮掩，
他强健潇洒的英气穿透棉布和毛葛，
看他走过如读一首最棒的诗，甚至体会更多，
你流连地望着他的背影、他的脖子和肩膀。

爬行的胖乎乎的婴儿，女人的胸脯和头，她们的衣褶，我们经过大街时看到的她们的风度，她们下身的轮廓，
游泳池里的裸泳者，看他游过透明闪烁的碧波，或仰面朝天，随浪涛静静地上下颠簸，
在划艇里前俯后仰的划手，马鞍上的骑手，
姑娘们、母亲们、家庭主妇们，各司其事，
中午一群工人坐着，端着打开的饭盒，他们的媳妇在伺候着，
女人在哄孩子，农夫的女儿在菜园或牛圈里，
年青的汉子在锄玉米，赶雪橇的驾着六匹马穿过人群，
摔跤手在摔跤，那是两个本地徒工，长大了，身强体壮，性情随和，日落时下工了，他们来到一片空地，
外衣和帽子扔在地上，做着亲热的搂抱和抵抗，
抓扭上身，抓扭下身，头发乱七八糟，遮住了眼睛；
身穿制服的消防员在行进，从整洁的裤子和腰带中显出男子肌

肉的运动，

他们从火场懒散回来，突然又铃声大作，他们停止脚步，警觉地谛听，

那自然、完美、多样的姿势，低下的头，弯曲的脖子，盘算的样子；

我爱这样的人——我放松自己，自在地走过，我和婴儿一起伏在母亲胸口，

和游泳者一起游泳，和摔跤手一起摔跤，和消防员一起行进、止步、谛听、盘算。

3

我认识一个人，一个普通农夫，五个儿子的父亲，

这些儿子中有的当了父亲，儿子的儿子中也有的当了父亲。

这个人精力旺盛、沉着、漂亮，

他的头形，他浅黄色和白色的头发和胡子，他黑色的眼眸深邃难测，他的举止落落大方，

我常去探访他，好看到这些，他也很睿智，

他身高六英尺，八十多了，他的儿子们魁梧、干净、胡子重、脸膛黑黑的很英俊，

他们和他的女儿们爱戴他，所有看到他的人爱戴他，

他们不是由于得到恩惠才爱戴他，他们爱他是发自内心，

他只喝水，脸面光洁，褐色的皮肤透出鲜红的血色，
他经常打猎捕鱼，自己驾船，是船匠送给他的一条很帅的船，他有几支鸟枪，是爱戴他的人送的，
当他和五个儿子和许多孙子一块儿打猎捕鱼，你会看出在这一群人里数他最漂亮最活跃，
你会希望跟他长久待在一起，你会希望在船里坐在他身边，互相接触。

4

我觉得和我喜欢的人们在一起就满足了，
晚上和他们一起做伴就满足了，
被漂亮、奇异、呼吸着、欢笑着的肉体围绕着就满足了，
在他们中间走过，或者碰到谁，或者我的手臂曾片刻轻轻搂着他或她的脖子，这意味什么？
我不要求更多快乐了，我在快乐中游泳如在大海。

和男人女人们密切待在一起，看着他们，接触他们，闻着他们的气味，会使灵魂愉快，
所有事情都使灵魂愉快，但这些更使灵魂愉快。

5

这是女人的形体，

从头到脚发出神圣的光辉，
它吸引着，它具有不可抵抗的吸引力，
我被它的芬芳牵引着，好像我不过是一团不由自主的蒸汽，一切消失了，只有我和它，
书籍、艺术、宗教、时间、看得见的坚实土地、对天堂的期待、对地狱的恐惧，现在都消失了，
疯狂的筋肉，按捺不住地火速行动，回应同样按捺不住，
电流充斥头发、胸脯、臀部、弯曲的腿、随意下垂的手，我也浑身通电，
爱的低潮被高潮刺激着，爱的高潮被低潮刺激着，爱的肉体膨胀着，微妙地痛楚着，
无限的清晰的爱的喷射，灼烫硕大，颤抖的爱的岩浆，白色狂热的汁液，
新郎的情爱之夜，坚定，温柔，进入疲惫的黎明，
波澜起伏，进入乐于顺从的白天，
消失于依偎相拥、肉体甘美的白天。

这是生命的核心——其后孩子从女人生出，男人从女人生出，
这是出生的沐浴，这是小与大的融合，生命的又一条出路。

女人，不要害羞，你们的特权是孕育人，作他人的出口，
你们是肉体之门，你们是灵魂之门。

女性包含所有品格并调和它们，
她在自己的位置上做着完美平衡的活动，
她是一切，被恰当地遮蔽，她既被动又主动，
她要孕育女儿和儿子、儿子和女儿。

当我看见我的灵魂反映在自然中，
当我透过迷雾看见人，具有难以形容的完善、心智和美，
看见垂下的头与在胸前合抱的双臂，我看见了女性。

6

男人的灵魂既不亚于也不超越女人，他也在自己的位置上，
他也包含所有品格，他是行动和力量，
那已知宇宙的蓬勃活力体现于他，
蔑视适合他，追求和挑战适合他，
最狂野最充沛的激情、最大的幸福、最深的悲哀适合他，自豪属于他，
男人全心洋溢的自豪是优秀的，使灵魂沉静，
知识适合他，他永远喜好知识，自己尝试一切事情，
无论勘测什么，不管是什么海洋和航程，他最终只在这里测量水深，
(除了这里，他还在哪里测量呢?)

男人的肉体是圣洁的，女人的肉体是圣洁的，
不管它是谁人，它是圣洁的——它是一个最卑微的劳工吗？
它是一个刚上码头、呆头呆脑的移民吗？
每个人都像有钱人一样，像你一样，属于这里或任何地方，
每个人在行列中都有他或她的位置。

(一切都是一个行列，
宇宙就是一个行列，整齐完美地运行。)

你懂得很多，你就把卑微的人称作无知吗？
你以为你有权观赏美景，他或她就无权观赏吗？
你以为混沌之物凝聚，土壤覆盖地表，江海奔流，草木发芽，
仅仅是为了你，而不为他或她吗？

7

一个男人的肉体在拍卖，
(在战前我常去奴隶市场观看，)
我帮助拍卖人，那个邋遢鬼对他的生意半点也不明白。

先生们，看看这个奇迹吧，
不管投标的人出多高的价钱，对于它都嫌太少，
为了它，地球在还没有动植物以前就准备了千百万亿年，

为了它，地球周而复始地稳定旋转。

在这头颅里有让人不可思议的大脑，
在它里面和下面蕴含英雄的品格。

检查这四肢，红的、黑的、白的，筋肉和神经都美妙灵巧，
他们会脱下衣服给你们看。

敏锐的感觉，闪耀生命之光的眼睛，勇气，意志，
大块儿的胸肌，柔韧的脊梁和脖子，结实的肌肉，匀称丰满的胳膊和腿，
那身体里面还有奇迹。

那里面有血液奔流，
同样古老的血液！同样鲜红奔流的血液！
那里有颗心在膨胀、喷射，那里有一切激情、欲望、追求、抱负，
（因为这些情感没有在客厅和讲演厅表达，你就以为它们不存在吗？）

这不仅是一个男人，这是孩子的父亲，孩子们将来还要成为父亲，
人口众多的各州和富庶的共和国，从他开始，
有着无数业绩和欢乐的无数不朽的生命，从他开始。

你怎么知道在今后几个世纪中，从他子孙的子孙里会产生出何等人物？

(如果你能追溯几个世纪，你发现谁会是你的先人？)

8

一个女人的肉体在拍卖，

她也不仅是她自己，她是母亲们的母亲，

她生育的男孩们长大了，将会成为母亲们的丈夫。

你爱过一个女人的肉体吗？

你爱过一个男人的肉体吗？

你没发现在地球上所有国家所有年代，这些都完全相同吗？

如果有什么东西是神圣的，那就是人的肉体，

一个男人的荣耀和甘美，在于他未被玷污的男性的标志，

对于男人或女人，清洁、强健、坚实的肉体比最美的面孔更加美丽。

你看见过败坏自己活生生肉体的傻男人吗？或者败坏自己活生生肉体的傻女人吗？

因为他们并不隐藏自己，也藏不住自己。

9

啊，我的肉体！我不敢舍弃别的男女和你相同的肉体，或和你的构成相同的肉体，
我相信和你相同的肉体与相同的灵魂（肉体就是灵魂）一起生活或死亡，
我相信和你相同的肉体将与我的诗篇一起生活或死亡，它们就是我的诗篇，
男人的、女人的、孩子的、青年的、妻子的、丈夫的、母亲的、父亲的、小伙子的、大姑娘的诗篇，
脑袋、脖子、头发、耳朵、耳垂和鼓膜，
眼睛、眼眶、眼睛的虹膜、眉毛、眼皮开合、醒来、睡去，
嘴巴、舌头、嘴唇、牙齿、上颚、上下颌跟颌关节，
鼻子、鼻孔和鼻梁，
脸颊、鬓角、前额、下巴、喉咙、脖子背部和它转动的姿态，
强健的肩膀、威严的胡须、肩胛骨、后肩、饱满浑圆的侧胸，
上臂、腋窝、肘窝、前臂、双臂的肌肉和骨头，
手腕和腕关节、手、掌、拇指、食指、指关节、指甲，
宽广的前胸、拳曲的胸毛、胸骨、胸的侧部，
肋骨、肚子、脊梁骨、脊柱的关节，
臀部、臀窝、臀部的力量、凹伏凸起的圆丘、睾丸、男根，
结实的大腿，很好地支撑了上面的躯干，

腿的肌肉、膝、膝盖、大腿、小腿，
脚脖子、脚背、脚指头、趾关节、脚后跟，
一切姿势、一切形状，我的或你的或任何一个男女的肉体所具有的一切，
肺的海绵、胃、甘美洁净的肠子，
头颅里的大脑和它的皱褶，
感应、心脏的开合、口的开合、性爱、母爱，
女性气质和一切属于女性的，男人来自女人，
子宫、乳房、乳头、乳汁、眼泪、欢笑、哭泣、爱的表情、爱的骚动和兴奋，
声音、吐字、语言、悄悄说、大声喊，
吃、喝、脉搏、消化、出汗、睡觉、走路、游泳，
用臀部保持平衡、跳跃、斜靠、拥抱、胳膊弯曲和伸展，
口和眼轮的连续变化，
皮肤、晒黑的肤色、雀斑、汗毛，
用手触摸裸露的肉体时产生的奇妙感觉，
呼吸的循环之河，吸进与呼出，
腰部的美、臀部的美、向下直至膝部的美，
在你我体内稀薄鲜红的浆液，骨头和骨头里的骨髓，
优美地体现着健康；
啊，我要说这些不仅是肉体的构成和诗篇，也是灵魂的构成和诗篇，
啊，我现在要说这些就是灵魂！

大路之歌（节选）

我轻松愉快走上大路，
我健康自由，世界在我面前，
长长褐色的大路在我面前，指向我想去的任何地方。

从此我不再希求好运气，我自己就是好运气，
从此我不再抱怨，不再迟疑，什么也不需要，
消除了闷在屋里的晦气，放下了书本，摆脱了苛刻的责难，
我强壮满足，迈步走上大路。

空气，你给了我谈吐的气息！
万物，你召唤我迷茫的思想并赋予它们形象！
光，你包裹了我和一切，美妙宁静地沐浴我们！

你们这些城市里悬挂旗子的人行道！
你们这些渡口！这些码头上的舢板和桅杆！这些木材堆积的河岸！遥远的船！
你们这些一排排的房子！

你们这些无尽道路上的灰色石头！这些踏平了的十字路口！
我相信你们从接人待物中获取了什么，现在要把同样的秘密传授给我，
在你平静的路面上生者和死者曾熙来攘往，他们的灵魂于我清晰又亲切。

大地向左右扩展，
生机盎然的图景，每个部分都光彩夺目，
悦耳的声音在需要的地方响起，在不需要的地方沉寂，
公众的大路上声音愉快，大路上的情感鲜活欢乐。

我想英雄业绩都发生在光天化日之下，自由的诗篇也是如此，
我想我可以在此停住脚步，干出奇迹，
我想在大路上不管遇见什么，我都会喜欢，遇见我的人也都会喜欢我，
我想我看见的人必定幸福。

从此刻起我规定自己摆脱羁绊和虚构的限制，
来往随心所欲，做自己完全绝对的主人，
倾听别人，仔细琢磨他们的话，
停顿，探索，接受，沉思，
我性情温和但意志不可抗拒，要摆脱那会束缚我的束缚。
我把广大的世界揽入胸怀，

东部和西部属于我，北方和南方属于我。

我比我过去想的更伟大更卓越，
我不曾知道自己具有这样多的美德。
我看一切都很漂亮，
我能对男男女女反复说，你们这样善待了我，我要同样回报你们，
大路上我要使自己和你们恢复健康，
大路上我要加入到男男女女之中，
我要在他们中注入新的快乐和豪爽，
不管谁拒绝了我，我都不会烦恼，
不管谁接受了我，他会得到祝福并祝福我。

现在假如有一千个完美的男人就要出现，那不会使我惊讶，
现在假如有一千个身材漂亮的女人出现了，那不会使我诧异。
现在我洞悉了造就完人的秘密，
那就是在阳光里成长，和大地同餐共宿。

走呀！不管你是谁跟我同行吧！
跟我同行你将发现什么永不会疲倦。
大地永远不会疲倦，
起初大地是粗犷、沉默、深不可测的，起初大自然是粗犷、深不可测的，

别丧气，继续走，那里隐藏着圣洁的东西，
我向你发誓，那里的圣洁之物美得超越了语言所能描述。

走呀！前面还有更大的诱惑，
我们将扬帆在那没有航道的蛮荒大海，
我们将去那风狂浪猛的疆域，美国式的快船要满帆加速。

走呀！带着力量、自由、大地、风雨雷电，
带着健康、反抗、快乐、自尊、好奇；
走呀！抛开一切陈规俗套！
走呀！可是要当心！
跟我同行最需要热血、肌肉、坚韧。

走呀！跟着了不起的伙伴，做他们的一员！
他们也走在大路上——他们是矫健伟岸的男人——她们是最伟大的女人，
他们是宁静之海和狂暴之海的欣赏者，
他们驾过千条船，行过万里路，
他们是许多遥远国度的常客、遥远住处的常客，
他们是城市的观察者、孤独的劳动者，
他们停下脚，对着花草树木和岸边的贝壳沉思，
他们在婚礼上跳舞，亲吻新娘，热心帮助、抚育孩子们，
他们是旅行者，走过四季，走过岁月，走过年复一年的奇妙

岁月。

走呀！走上那无始无终的旅途，
去饱经历练，白天跋涉，晚上休息，
你遇到了人们，要从他们头脑里获取智慧，从他们心里采集爱情，
要知道宇宙本身就是一条大路，是许多大路，是走上旅途的灵魂之路。

永远生气勃勃，永远向前，
他们在走！他们在走！我知道他们在走，但不知他们走向何处，
但我知道他们走向最佳——走向伟大。

斧头之歌（节选）

1

漂亮、赤裸、暗色的武器，

从母腹①中探出头来，

木质的肉，金属的骨，胳膊只有一条，嘴唇只有一片，

灰蓝的刀片生成于赤热，柄产生于播下的一小粒种子，

栖息在草丛里、草丛上，

靠着，又被靠着。

坚强的形象，坚强形象的特性，男人的手艺、眼光和声响，

一个象征不停顿地变化，如同音乐敲击，

管风琴手在巨大键盘上跳荡的十指。

---

① 母腹，指大地。

2

欢迎地球上形形色色的土地，
欢迎松树和橡树的土地，
欢迎柠檬和无花果的土地，
欢迎黄金的土地，
欢迎小麦和玉米的土地，欢迎葡萄的土地，
欢迎蔗糖和稻米的土地，
欢迎棉花的土地，欢迎土豆和红薯的土地，
欢迎大山、平原、沙漠、森林、草原，
欢迎肥沃的大河流域、高原、旷野，
欢迎无边的牧场，欢迎水果、亚麻、蜂蜜、大麻的丰饶土壤，
富庶的土地如同黄金的土地或小麦和水果的土地，
矿山的土地，像男人一样粗糙的矿石的土地，
煤、铜、铅、锡、锌的土地，
铁的土地——制造斧头的土地。

3

堆积如山的木材，支持了斧头，
森林里的小屋，门前的藤蔓，辟作花园的空地，
暴风雨过后还听得错错落落的雨打树叶，

不时有恸哭和哀叹，想到了大海，
想到了船受暴风雨捶击，船身倾翻，桅杆折断，
为旧式房屋和谷仓的巨大梁木而伤感，
记忆中的书籍和故事，携家带物、冒死远航的男人，
登陆上岸，建立一座簇新的城市，
人们从各地启程航行，寻找一个新的英格兰，他们找到了，
他们在阿肯色、科罗拉多、渥太华、威拉米特①定居，
缓慢前进，只有一点干粮、斧头、来复枪和马褡裢；
漂亮，所有胆大冒险的人们，
漂亮，那些伐木小子、伐木汉子，他们开朗的没有剃过的脸，
漂亮，独立行动，离经叛道，依靠自己，
美国人蔑视法规和繁文缛节，极其不堪忍受束缚，
散漫的性格，随时产生的念头，形成固执的思想；
屠宰场的屠夫，帆船上的帮手，撑木排的人，拓荒的人，
冬季帐篷里的伐木工，林中破晓，树上积雪，冷不丁树枝咔嚓断了，
自己愉快响亮的声音，美滋滋地唱歌，林中的自然生活，白天实实在在地干活，
夜里火光灿烂，美味的晚餐，神聊，用铁杉树枝和熊皮做的床；
在城里或别处盖房子的工人，
准备接头，检测平直，开锯，做榫，
把横梁升起，推进到位，放置整齐，

① 威拉米特，河名，在美国俄勒冈州西部。

按预制的那样把榫头插入榫眼，
挥舞木槌和铁锤，人们干活的姿势，弯曲的肢体，
弓腰，站起，跨在横梁上，敲钉子，抓着柱子，
弯着一条胳膊压住木板，另一条挥着斧头，
地板工使劲把木条接严实，好钉钉子，
他们把工具放在下边托架上的姿势，
在空房子里响起的回声；
城里巨大的仓库正在建造，
六个框架工，中间两个，两头各两个，小心地用肩膀扛起沉重的横梁，
密密的一排泥瓦匠，右手握着泥刀，飞快地砌着边墙，从前到后有两百英尺长，
脊背柔韧地直起弯下，泥刀不断碰击砖头，
熟练地把砖头一块接一块砌上，各在各位，然后用刀把儿敲定，
一堆堆材料，灰泥在灰泥板上，灰泥工持续地补充；
木场里的木工，已经入门的学徒攒成一排，
他们的斧头在一条方原木上起落，要把它砍成一条桅杆，
钢刃斜劈进松木，发出短脆的爆裂声，
奶油色的木屑大片大片地到处飞舞，
肌肉结实的年青胳膊和臀部在便装里利索地运动，
建设者们建造码头、桥梁、桥墩、堤岸、船坞、对抗海水的支柱；
锻炉前的锻工，他后面用铁器的人，

打造大大小小斧头的工人，焊工和淬火工，

挑选者在冰冷的钢上吹气，用拇指测试刀刃，

有人抛光了斧柄，把它牢牢揳入斧孔。

4

力量和勇气永存！

激励生命的也激励死亡，

死者如生者一样前进，

未来并不比现在更加渺茫，

大地和人类的粗野与大地和人类的精微有同样的内涵，

除了人的品格什么都不能持久。

你认为什么能够持久？

你认为伟大的城市能够持久吗？

或者一个物产丰富的国家？或者一部写好的宪法？或者最佳建造的汽船？

或者是用花岗岩和钢铁盖的大饭店？或者任何出色的工程、堡垒、武器？

算了吧！这些东西本身都不值得珍惜，

它们充斥一时，舞者为其扭动，乐者为其弹奏，

表演过去了，一切尽善尽美，

直到挑衅者出现。

伟大的城市应该拥有最伟大的男人和女人，
即使它只有几间陋室，它仍然是全世界最伟大的城市。

5

伟大城市矗立之地要有的不是延绵的码头、船坞、工场、货栈，
不是不停顿的新来者或起锚离去者对它致敬，
不是最高最昂贵的建筑或出售来自世界各地的货物的商店，
不是最好的图书馆和学校，不是最多的钱财，
也不是最多的人口。

伟大城市矗立之地要有强有力的演说家和诗人，
那城市被这些人热爱，它也热爱他们，理解他们，
那里没有为伟人建造的纪念碑，只有平凡的语言和行为，
那里崇尚俭朴和谨慎；
那里的男女并不看重法律，
那里没有奴隶，没有奴隶主，
那里的人民会立刻起来反对当选者的厚颜无耻，
那里的男女会勇猛冲锋，响应赴死的号召，如同大海汹涌的波涛，
那里的外部权威总是跟随在内部权威之后，

那里的公民永远是首脑，有主意，总统、市长、州长是领薪的雇员，

那里的孩子们被教育要主宰自己、依靠自己，

那里的事务得到平静解决，

那里鼓励思考灵魂，

那里的女人和男人一样参加街上的公众游行，

和男人一样参加公众集会、得到席位，

那里有最忠实的朋友，

那里有清洁的性，

那里有最健康的父亲，

那里有最健美的母亲，

那里就矗立着伟大的城市。

向世界致敬！（节选）

啊，拉住我的手，沃尔特·惠特曼！
是什么在你心里扩展？
是什么波浪和泥土在涌起？
这里是什么天气？有些什么人和城市？
那些婴儿是什么人？有的在玩，有的在睡？
那些姑娘是什么人？那些已婚的妇人是什么人？
那一群群老头儿慢悠悠走着，互相用胳膊搂着脖子，他们是什么人？
这是些什么河？这是些什么林子和果子？
那些云遮雾缭的高山叫什么？
那些住满了人的密密麻麻的宅子是什么地方？

在我心里纬线扩展了，经线延长了，
亚洲、非洲、欧洲在东方——美国给安排在了西方，
地球鼓起的腰身上缠绕着炎热的赤道，
贯通南北的地轴奇妙地旋转，
在我心里有最长的白天，太阳斜兜着圈子盘旋，几个月都不

落下，
在我心里按时地就会有午夜的太阳在地平线刚刚升起又马上沉没，
在我心里有气候带、海洋、瀑布、森林、火山和形形色色的景观，
有马来西亚、波利尼西亚和庞大的西印度群岛。

你听见了什么，沃尔特·惠特曼？

我听见工人在唱歌，农夫的老婆在唱歌，
我听见清早远处有孩子和鸟兽的声音，
我听见澳大利亚人追野马时争强斗胜的喊叫，
我听见有人在栗树荫里伴着雷别克①和吉他、敲着响板跳西班牙舞，
我听见来自泰晤士河不息的回音，
我听见激昂的呼唤自由的法兰西歌曲，
我听见意大利船夫美妙地吟诵古老的诗歌，
我听见在叙利亚浓云骤雨般的蝗虫袭击庄稼和草场，
我听见科普特人②在日落时唱的叠句，忧郁地落在尼罗河的胸脯上，那庄严博大的黑色母亲，
我听见墨西哥赶骡子的人的吆喝和骡铃，

---

① 雷别克，一种古老的弓弦乐器。
② 科普特人，为埃及土人，古埃及人的后裔。

我听见阿拉伯的祷告召集人在清真寺顶的召唤，
我听见基督教牧师在教堂祭坛前，我听见男低音和女高音的回应，
我听见哥萨克人的呼叫，从鄂霍茨克①出海的水手的声音，
我听见一队奴隶走过时的喘息声，这些壮汉被手铐脚镣三三两两地拴在一起，
我听见希伯来人在诵读他的经典和诗篇，
我听见希腊人的韵文神话和罗马人的悲壮传奇，
我听见关于美丽的上帝——基督的故事，他神圣的一生和血腥的死亡，
我听见印度人在教导他宠爱的学生有关爱情和战争的格言，那是三千年前的诗人们写的，顺利流传至今。

你看见了什么，沃尔特·惠特曼？
你在向谁致敬，那一个接一个向你致敬的是什么人？

我看见许多江河湖海，
我看见山峰，我看见犬牙参差的安第斯山，
我清楚地看见喜马拉雅山、天山、阿尔泰山、加茨山②，
我看见厄尔布鲁斯山、卡兹贝克山、巴札迪乌西山巨人般的

① 鄂霍茨克，俄罗斯东部的海港。
② 加茨山，位于印度。

山峰①，
我看见在施蒂里亚和卡纳克的阿尔卑斯山②，
我看见比利牛斯山、巴尔克山、喀尔巴阡山和北部的多弗拉非尔兹山，还有海上的赫克拉火山③，
我看见维苏威和埃特纳火山、月亮山和马达加斯加的红山，
我看见在利比亚、阿拉伯和亚洲的沙漠，
我看见大得吓人的北极和南极的冰山，
我看见超级大洋和小一些的海、大西洋和太平洋、墨西哥海、巴西海和秘鲁海，
印度的海域、中国海和几内亚湾，
日本海，美丽的长崎湾被周围的高山环绕，
辽阔的波罗的海、里海、波的尼亚湾、不列颠的海岸和比斯开湾④，
阳光明媚的地中海，岛屿一个接一个，
白海⑤和格陵兰周围的海。

我看见世界的帆船和汽船，有的聚集在港口，有的正在航行，
它们绕过暴风角，绕过佛得角，绕过瓜达富伊角、波翁角或巴

---

① 厄尔布鲁斯山、卡兹贝克山、巴札迪乌西山，均位于中亚地区。

② 施蒂里亚、卡纳克，地名，分别在奥地利和意大利北部，阿尔卑斯山位于那里。

③ 赫克拉火山，位于冰岛西南部。

④ 波的尼亚湾，位于波罗的海北部；比斯开湾，为位于法国和西班牙西侧的大西洋湾。

⑤ 白海，为俄罗斯西北部的北冰洋海域。

佳多利角①，

绕过栋德拉海岬，穿过巽他海峡，绕过洛帕特加角，穿过白令海峡②，

绕过合恩角，在墨西哥湾或沿着古巴、海地航行，或在哈得逊湾、巴芬湾航行③，

在直布罗陀或达达尼尔海峡来来往往，

顽强地在北方冬天的浮冰之间闯过，

沿着鄂比河或勒拿河上下行驶④，

在尼日尔河、刚果河、印度河、布拉马普特河⑤、柬埔寨河上航行，

在澳大利亚的港口升火待发，就要启航，

停泊在利物浦、格拉斯哥、都柏林、马赛、里斯本、那不勒斯、汉堡、不来梅、波尔多、海牙、哥本哈根，

停泊在瓦尔帕莱索、里约热内卢、巴拿马。

我看见穿越大地的铁轨，

---

① 暴风角即好望角；佛得角在非洲大陆最西端；瓜达富伊角在索马里东北端；波翁角在突尼斯东北；巴佳多利角位于西撒哈拉西侧。

② 栋德拉海岬在斯里兰卡南端；巽他海峡在印度尼西亚的苏门答腊和爪哇之间；洛帕特加角在俄罗斯东部的堪察加半岛南端；白令海峡在俄罗斯东部和美国的阿拉斯加半岛之间。

③ 合恩角在智利南端；哈得逊湾为加拿大西北地区的内陆海；巴芬湾为格陵兰东部与巴芬岛等岛屿之间的北极海湾。

④ 鄂比河与勒拿河，为位于俄罗斯西伯利亚的两条大河，注入北冰洋。

⑤ 布拉马普特河，位于西藏的雅鲁藏布江流入印度后的名称。

我在大不列颠、在欧洲看见它们，
我在亚洲和非洲看见它们。

我看见大地上长长的河道，
我看见亚马孙河和巴拉圭河，
我看见中国的四条大河，阿穆尔河①、黄河、扬子江和珠江，
我看见塞纳河在那里奔流，多瑙河、卢瓦尔河、罗纳河和瓜达尔基维尔河②在那里奔流，
我看见伏尔加河、第涅伯河、奥得河蜿蜒曲折，
我看见托斯卡纳人在阿诺河顺流而下，威尼斯人沿着波河行驶，
我看见希腊水手驶出了埃吉纳湾。

我看见亚洲的大草原，
我看见蒙古的古坟，我看见卡尔穆克人和巴斯基尔人③的帐篷，
我看见赶着群群公牛和母牛的游牧部落，
我看见高原和峡谷，丛林和沙漠，
我看见骆驼、野马、鸨、大尾巴羊、羚羊和藏在洞里的狼。

我看见巴西的牧民，
我看见玻利维亚人爬上索拉他山，

---

① 阿穆尔河，即黑龙江。
② 卢瓦尔河与罗纳河，均位于法国；瓜达尔基维尔河，位于西班牙。
③ 卡尔穆克人和巴斯基尔人，均为蒙古的游牧部落。

我看见瓦求人[1]在穿越平原，我看见举世无双的骑马人胳膊上搭着套索，
我看见人们在草原追杀野牛，要它的皮。

我看见冰雪覆盖的地方，
我看见眼光锐利的萨莫依人[2]和芬兰人，
我看见猎海豹的人在船里稳举标枪，
我看见西伯利亚人坐在狗拉的轻便雪橇里，
我看见捕海豚的人，我看见在南太平洋和北大西洋的捕鲸队，
我看见瑞士的悬崖、冰川、激流、山谷，我注意到了那漫长的冬天和孤独。

我看见到处都有男男女女，
我看见哲学家们安详的兄弟情谊，
我看见我的民族在建设自己的国度，
我看见我的民族凭着坚毅和勤奋获得的成就，
我看见等级、肤色、野蛮、文明，我走到他们中间，毫无偏见地和他们混在一起，
我向大地上所有居民致敬。

你，不管你是谁！

---

① 瓦求人，为得克萨斯的一个印第安人部落。
② 萨莫依人，为居住在俄罗斯的乌拉尔山一带的少数民族。

你是英格兰的女儿或儿子！

你属于强大的斯拉夫民族和帝国！俄罗斯的俄罗斯人！

你是出身卑微、肤色黝黑、灵魂圣洁的非洲人，身材高大，头形漂亮，姿态尊贵，前程远大，是和我平等的人！

你是挪威人！瑞典人！丹麦人！冰岛人！你是普鲁士人！

你是西班牙的西班牙人！你是葡萄牙人！

你是法兰西的女人和男人！

你是比利时人！你是荷兰的爱好自由的人！

你是强悍的奥地利人！你是伦巴第人！匈奴人！波西米亚人！施蒂里亚的农民！

你是塞维利亚竞技场上敏捷的斗牛士！

你是住在陶鲁斯或高加索的无法无天的山民！

你是波克的牧马人，看着你的母马和种马吃草！

你是体格健美的波斯人，策马疾驰，对靶射箭！

你是中国的男人和女人！你是鞑靼的鞑靼人！

你们是大地上恭顺尽责的妇女！

你是种植橄榄的人，照管着在拿撒勒、大马士革或太巴列湖的果实！

你是日本的男人或女人！你住在马达加斯加、锡兰、苏门答腊、婆罗洲！

所有你们这些数不尽的海岛上的居民！

我和美国祝你们健康！向你们全体发出良好的祝愿。

我们每个人都必然存在，

我们每个人都是无限的——我们每个人都有在大地上生存的权利，
我们每个人都被赋予了大地的永恒意义，
我们每个在这里的人都和任何一个在这里的人同样神圣。

云雾啊！我想我曾随你一起上升，飘到远方的大陆，由于什么缘故落在那里，
风啊，我想我曾随你一起吹拂，
海水啊，我曾随你一起拍击过每一处海滩。
地球上每一条河流和海峡穿行过的地方，我都穿行过，
我曾站在半岛上、站在高耸的岩石上呼喊：
向世界致敬！

给一个遭到挫败的欧洲革命者①

勇敢些，我的兄弟，我的姐妹！
坚持下去！无论发生什么，自由的事业必须推进，
没有什么事业由于一两次失败或更多次失败，
或者由于人们的漠不关心、忘恩负义或任何背叛，
或者受到权力、军队、大炮、刑罚的威胁就能平息。

我们的信仰永远在一切大陆上潜伏着，等待着，
不求人，不许诺，积极、泰然、平静、轻松地潜伏着，不知道
　什么叫挫折，
耐心等待着，等待它的时机。

(这些不只是忠诚的歌曲，
也是叛乱的歌曲，
因为我是和全世界每一个大胆的造反者结盟的诗人，
跟我在一起的人都抛开了宁静和日常的生活，

① 革命者为泛指，并非某个人。

准备随时丢掉性命。)

战斗打响了，多少回警报大作，频繁地前进后退，
背叛自由的人胜利了，或者自以为胜利了，
于是监狱、绞架、手铐、脚镣、子弹派上了用场，
有名和无名的英雄们去了另一个世界，
伟大的演说家和作家被流放，他们病倒在遥远的土地，
事业沉寂了，最坚强的喉咙被自己的血堵塞了，
年轻人相遇时低头看地，
尽管这样，自由并没有被消灭，背叛者并没有掌握一切。

如果自由会被消灭，它不是第一个，也不是第二个或第三个被消灭的，
只有其他一切都被消灭了，它才最后一个被消灭。

只有当英雄和烈士完全被人遗忘，
只有当所有生命、所有男男女女的灵魂在整个地球灭绝，
自由，或自由的观念才会在整个地球灭绝，
背叛者才能掌握一切。

勇敢些，欧洲的男女造反者！
当一切都终止时，你们也一定不要终止。

我不知道你们的目的，（我也不知道我的目的和世间万物的
目的，）
但我会仔细寻找，即使在遭到挫败时，
在失败、贫穷、误解、囚禁中——这些也是伟大的。

我们曾以为胜利是伟大的吗？
对的——但是现在我以为，在不可避免时，失败也伟大，
死亡和沮丧也伟大。

过布鲁克林渡口[①]

1

脚下的潮水啊！我面对面看着你！
西边的云——太阳还有半个钟头就落了——我也面对面看着你。

衣着平常的男男女女，我感觉你们实在新奇！
成百上千人搭渡船过河回家，给我的感觉比你们想象的还要新奇，
而你们，将在今后岁月里从口岸渡到口岸的人，对于我比你们想象的更加新奇，更多地进入我的沉思。

2

每天从时时刻刻、从大小事物中我得到无形的食粮——

---

① 布鲁克林渡口，在纽约的曼哈顿岛和布鲁克林区之间的东河入海口岸上，在1883年布鲁克林大桥建成通车前，是纽约重要的交通枢纽。在《草叶集》第二版中，这首诗的标题为《日落之诗》（*Sun-Down Poem*）。

简单、紧凑、完美结合的蓝图，我完蛋了，人人都化为尘土了，
　也还是蓝图的一部分，
和过去相似，也和未来相似，
逛街，过河，我看到和听到的最细微的事物，闪闪发光如串串
　珠子，
河流这样湍急，同我一起游向远方，
那些将要跟随我的人，他们和我之间关联紧密，
他们和他们的生活、爱情、所见所闻，实实在在。

他们将走进渡口的大门，从口岸渡到口岸，
他们将看到潮水汹涌，
他们将看到曼哈顿北边和西边的航船，看到南边和东边的布鲁
　克林高地，
他们将看到大大小小的岛屿，
今后五十年，太阳还有半个钟头就要落下的时候，将有人看到
　他们过河，
今后一百年，或者几百年后，又将有别人看到他们，
欣赏这夕阳西下、潮涨潮落。

3

时间和地点不起作用——距离不起作用，
我和你们在一起，你们这一代或今后许多世代的男人和女人，

当你们看着这河流和天空时的感觉，我曾这样感觉过，
正如你们每个人都是芸芸众生的一个，我曾是其中的一个，
正如你们为欢腾的河流和闪光的潮水而心情振奋，我曾经振奋过，
正如你们靠着栏杆站立，与湍急的河流一道匆匆前行，我曾在那里站立过、前行过，
正如你们眺望无数船的桅杆和汽船的粗烟囱，我也曾眺望过。

我曾许多许多次横渡旧时的这条河，
看着十二月的海鸥，看它们在高空凝翅飘浮，晃悠着身体，
看它们的身体怎样一部分被辉耀的金光照亮，一部分留在浓重的阴影里，
看它们兜着圈子慢慢盘旋，渐渐朝南方飞去，
看夏季的天空在水中的映象，
一道道忽闪的光炫花了我的眼睛，
看在太阳照亮的水面上美丽的光带环绕我的头影向外扩散，
看山丘上的薄雾向南向西南飘去，
那羊毛状的雾气染成了紫色，
看渡口下游的海湾上驶来的船，
看着它们靠近，看着我近旁的人们上船，
看那些大船小船的白帆，看那些抛锚的船，
水手们两脚横跨桅杆，装帆搭索，
那圆滚滚的桅杆，晃动的船身，像蛇一样细长的三角旗，

大大小小的汽船在行驶，领航员站在驾驶舱里，
船驶过后留下的白色浪花，驾驶盘急速颤抖着旋转，
所有国家的旗子，在日落时降下，
暮色中扇形的波浪①，嬉戏闪光的浪头，
码头边花岗岩仓库的灰墙伸向远处，越来越黯淡，
河上影影幢幢、密密匝匝的是大汽船、汽艇、干草船，还有迟到的驳船，
邻近的河岸上火苗从铸造场的烟囱蹿得老高，在夜里格外抢眼，
把摇晃的黑影和狂野的红黄色火光投在屋顶和大街上。

4

这些还有其他一切，它们过去对于我就像今天对于你们一样，
我真心喜爱过那些城市，喜爱过那庄严迅急的河，
我见过的男人和女人都跟我亲近，
其他人也一样——他们此时回顾看我，因为我瞻望过他们，
(虽然今日今夜我停留此地，但那个时辰会到来。)

5

那么，我们之间存在着什么？

---

① 由于布鲁克林渡口位于东河入海口，傍晚涨潮时，海水倒灌入河，在海面形成弧形或扇形的波浪。

我们之间的几十年、几百年算得了什么？

不管它是什么，它不起作用——距离不起作用，地点不起作用，
多山的布鲁克林是我的，我也在那里住过，
我也在曼哈顿岛的大街上逛过，在它周围的水里泡过，
我也曾感觉一些新奇的问题冷不丁地搅乱我的心，
有时白天扎在人堆里它们会忽上心头，
深夜走回家时或者躺在床上它们会忽上心头，
我也是由那液体中永远的漂浮物所萌发①，
我也是由于我的肉体而成为我，
我知道过去的我成之于我的肉体，我知道将来的我也将成之于我的肉体。

6

黑暗的阴影不单落在你身上，
那黑暗也把阴影落在我身上，
我做过的最好的事情在我看起来苍白而且可疑，
我自以为伟大的思想，实际上不是很贫乏吗？
不单是你才知道什么是邪恶，

---

① 这既可以指胎儿自父母的体液中诞生，又可以看做是对人诞生自生命之河的隐喻，正如曼哈顿岛诞生自哈德孙河。除此之外，对于此句还有其他各种解读。

我这个人也知道什么是邪恶，
我也编织过那个古老的矛盾之结，
我曾经贫嘴、惭愧、怨恨、撒谎、窃取、妒忌，
我曾经奸诈、愤怒、好色，心怀不敢告人的情欲，
我曾经任性、虚荣、贪婪、浅薄、狡猾、懦弱、恶毒，
狼、蛇、猪的品行，我都不缺少，
骗子的嘴脸、挑逗的话、淫荡的欲望，我都不缺少，
推诿、仇恨、耍赖、卑鄙、偷懒，我都不缺少，
我也是一个老百姓，和别人一样打发日子碰运气，
当年轻人看见我走来或走过，他们扯着嗓门叫我的昵名，
我站着时感觉他们的胳膊搭在我脖子上，我坐着时他们的身子不经意地靠着我，
在大街、渡船、公共集会上，我见过好多我喜欢的人，可我从不跟他们搭话，
和别人一样打发日子，说同样的老笑话，同样的烦恼，睡觉，
我扮演过的角色还让人回想起某个男、女演员，
同样的老角色，我们仍在扮演，和我们喜欢的一样伟大，
或者和我们喜欢的一样渺小，或者既伟大又渺小。

7

我更加接近你们了，
现在你们对我有的想法，正和我对你们有过的想法一样多——

我预先把它们存进了我的仓库，
在你们出生之前我就长久严肃地思考过你们。

谁会知道我心里想要什么呢？
谁知道我正对此津津有味呢？
谁知道尽管距离很长，尽管你们不能看见我，现在我正仔细瞧着你们呢？

8

啊，对于我还有什么庄严、叫人赞叹的事物比得上桅樯围绕的曼哈顿呢？
比得上这河流、落日和潮水扇形的波浪？
比得上晃动身体的海鸥、暮色里的干草船和迟到的驳船？

还有什么神灵能胜过这些人？当我走近时他们握住我的手，用我喜欢的大嗓门急切地叫着我的昵名，
当女人或男人瞥着我的脸，还有什么比维系着我和他们的情感更敏锐的呢？
现在这情感把我融入你们，把我的意思倾注给你们。

那么我们彼此理解了，不是吗？
我秘而不宣的承诺，你们接受了不是吗？

那些可学而不可教、说教不管用的事情已经完成了，不是吗？

9

奔腾吧，大河！和涨潮一起汹涌，和落潮一起退下！
嬉戏吧，高潮迭起的扇形的波浪！
日落时灿烂的云霞！用你的光华沐浴我，沐浴我身后世世代代的男男女女！
从口岸渡到口岸，数不清的乘客的洪流！
站起来，曼哈顿的高大桅杆！站起来，布鲁克林的美丽山峦！
开动吧，困惑好奇的大脑！提出问题和答案！
液体中永远的漂浮物，停留在这里和每一个角落！
注视吧，那些在房间、街道或公共集会上充满爱和渴望的眼睛，
呼叫吧，年轻的声音！用大嗓门悦耳地呼叫我的昵名！
生活吧，古老的生命！扮演那男女演员扮演过的角色！
扮演古老的角色，你可以使他伟大或者渺小！
想想吧，读者，我是不是在冥冥之中瞧着你；
河上的栏杆呀，坚定地支撑那些懒散地靠着你的人，他们在与湍急的河流一道匆匆前行；
继续飞吧，海鸟们！侧着身子飞，或在高空兜着大圈子飞；
河水呀，接受这夏季的天空，忠实地拥抱它，让俯视的眼睛从水面看到天空！
太阳照亮的水面上，美丽的光芒，环绕我的头影或任何人的头

影，向外扩散吧！
继续航行吧，从下游海湾来的船！来来往往、大大小小的白色帆船和驳船！
飘扬吧，所有国家的旗子！在日落时按时降下！
铸造场的烟囱呀，把你的火苗高高蹿起吧！在日暮时把黑色的影子、把红黄色火光投在屋顶上！
现在或今后的相貌，是你身份的标志，
你这必需的皮囊，继续包裹着灵魂，
我的肉体于我，你的肉体于你，溢出最神圣的芳香，
繁荣吧，城市——宽广浩荡的河流，携带你们的货物，携带你们的姿色，
扩张吧，没有什么比你们更加崇高，
各守其位吧，没有什么比你们更加恒久。

你们期待过，你们总是期待，你们这些沉默美丽的使者，
我们终于怀着自由的感觉接受了你们，并且从此不会满足，
你们将不再能阻拦我们，或拒绝我们接近，
我们善待你们，不把你们抛在一旁——我们永远把你们放在心上，
我们不揣测你们——我们爱你们——你们也至善至美，
你们为着永恒贡献出你们的一分力量，
伟大或者渺小，你们为着灵魂贡献出你们的一分力量。

夜里独自在海滩

夜里独自在海滩，
当老母亲①一边来回摇摆一边唱着沙哑的歌，
当我望着闪耀的星星，想起了宇宙和未来的乐谱上的记号。

一种巨大的相似，将万物联结，
一切星球，成熟的、年幼的、小的、大的，那些太阳、月亮和行星，
一切空间的距离，无论多么宽阔，
一切时间的距离，一切无生命的形态，
一切灵魂，一切活的躯体，虽然他们永不相同，或处在不同的世界，
一切气体的、液体的、植物的、矿物的演变过程，鱼类、兽类，
一切民族、肤色、野蛮、文明、语言，
一切在这个星球或别的星球上存在过或可能存在的个体，
一切生者和死者，一切过去、现在、将来，

① 惠特曼习惯用“老母亲”代指大海。

这个巨大的相似联结了他们，一直联结着他们，
并将永远联结他们，把他们紧握包容在一起。

给　你（节选）

不管你是谁，现在我把手放在你身上，你成了我的诗，
我的嘴唇凑在你耳边悄悄告诉你，
我爱过许多女人和男人，可我最爱的是你。

我要放下一切来为你歌唱，
没有人理解过你，可我理解你，
没有人公正对待过你，你也没有公正对待过自己，
没有人不挑你的毛病，只有我在你身上发现的都是完美，
没有人不贬低你，只有我决不赞成委屈你，
只有我除了你自身的价值外，不会把主人、奴隶主、上司、上
　帝加在你头上。

啊，我能歌唱你的庄严和荣耀！
你还不认识自己，你一生都趴在自己身上睡大觉，
大部分时间你都闭着眼睛，
你做过的事情已经回过头来嘲笑你。

凡男女皆有的天赋，你都有，
凡男女皆有的美德和美貌，你都有，
凡男女皆有的勇气和毅力，你都有，
等待别人的良辰美景，也同样在等待你。

不管你是谁！要不顾一切伸张你的权利！
和你相比这些东方和西方的景象平淡无奇，
广阔的草原，滔滔不息的江河，你就像它们一样广阔一样滔滔不息，
暴风骤雨，天旋地转，死亡的痛苦，你就是掌管它们的男女主人，
你就是有权掌管天地万物、痛苦、激情和死亡的男女主人。

镣铐从你脚上掉落了，你找到了永恒的自信，
不管你是男是女、年老年少、粗鲁卑下、受人排斥，尽管亮出你的本色，
经历出生、活着、死去、埋葬，条条道路，应有尽有，
经历愤怒、失败、野心、愚昧、无聊，不管怎样你都要选择自己的路。

奇　迹

怎么，有人看重奇迹？
至于我，除了奇迹我一无所知，
无论我是在曼哈顿逛街，
或者我看罢屋顶看天上，
或者光脚沿着海滩蹚水，
或者站在森林的树底下，
或者白天和我喜欢的人聊天，晚上和我喜欢的人睡觉，
或者坐在桌旁和别人一起吃饭，
或者乘马车时看着我对面的陌生人，
或者看蜜蜂在夏天的上午围着蜂房忙碌，
或者看牲畜在田野吃草，
或者看空中的鸟和有趣的昆虫，
或者看美妙的日落，看星星平静明亮地闪耀，
或者看春天里新月那优雅柔和的细细弧形；
这些还有其他，万千世界对于我统统是奇迹，
全都息息相关，每一个却又独特、各居其位。

对于我，白天黑夜的每一个钟头都是一个奇迹，
每一立方英寸的空间都是一个奇迹，
每一平方码的地面散布着同样的东西，
每一英尺之内聚集着同样的东西。
对于我，海洋是一个连续的奇迹，
游泳的鱼——礁石——波涛滚动——人驾驶的船，
还有比这更奇特的奇迹吗？

更 棒

谁走得最远？我要走得更远，

谁品行正派？我要做天下最正派的人，

谁最慎重？我要更加慎重，

谁最幸福？啊，我想那就是我——没人比我更幸福，

谁挥霍了一切？是我一直在挥霍我最好的东西，

谁最自豪？我想我有理由作为当今最自豪的人——因为我是这个坚强高大的城市的儿子，

谁勇敢忠实？我要成为世界上最勇敢忠实的人，

谁善良？我要奉献比所有人更多的善心，

谁得到了绝大多数朋友的爱？我懂得接受许多朋友的燃烧的爱的滋味，

谁有一副完美的叫人爱慕的身体？我不相信有谁的身体比我的更加完美、叫人爱慕，

谁的思想最宽广？我会囊括那些思想，

谁写下了适合大地的赞歌？是我如痴如狂为整个大地写下欢乐的诗篇。

[附原文]

Excelsior

Who has gone farthest? for I would go farther,
And who has been just? for I would be the most just person of the earth,
And who most cautious? for I would be more cautious,
And who has been happiest? O I think it is I—I think no one was ever happier than I,
And who has lavished all? for I lavish constantly the best I have,
And who proudest? for I think I have reason to be the proudest son alive—for I am the son of the brawny and tall-topt city,
And who has been bold and true? for I would be the boldest and truest being of the universe,
And who benevolent? for I would show more benevolence than all the rest,
And who has received the love of the most friends? for I know what it is to receive the passionate love of many friends,
And who possesses a perfect and enamoured body? for I do not believe any one possesses a more perfect or enamoured body than mine,
And who thinks the amplest thoughts? for I would surround those thoughts,
And who has made hymns fit for the earth? for I am mad with devouring ecstasy to make joyous hymns for the whole earth.

智慧[1]之歌

我在曼哈顿大街闲逛时，思考着
时间、空间、现实——诸如此类，还有和它们同等重要的智慧。

关于智慧，其最终解释总是有待做出，
言轻了，言重了，都和那百世崇尚的智慧不沾边。

灵魂就是它自己，
一切和它靠拢，一切与其结果相关，
一个人所做、所说、所思的一切都影响深远，
男人或女人的一举一动，不仅影响着他或她有生之年的一天、
　一月及所有时光和临死的时辰，
而且还同样地继续影响着他或她的整个来世。

唯有慈善之举和个人的能力值得投入一切。

---

① “智慧”，原文为“prudence”，含谨慎、精明、节俭、深谋远虑等意。

不必细说，在世界不可动摇的秩序中，以及它的整个范围里，
男人或女人的一切行为，只要健康、慈善、干净，对他或她就永远大有裨益。

谁聪明，谁受益，
野蛮人、重罪犯、总统、法官、农夫、水手、机械工、文化人、年轻的、年老的，一概如此，
益处会来——一切都会来。

单独地、整体地，影响现在，影响过他们的时代，
将永远影响过去的一切、现在的一切和未来的一切，
所有的战争与和平的勇敢行动，
所有给予亲属、陌生人、穷人、老人、不幸的人、孩子、寡妇、病人和受人回避的人的帮助，
所有在遇难船上看着别人挤上救生艇、自己却在一旁坚定站立的自我克制的人，
所有为了崇高事业或为了朋友、为了信念而献出财产或生命的人，
所有被邻居们嘲笑的热心人的痛苦，
所有母亲们的无限温柔的爱和承受的艰辛，
所有在史书中有记载或没记载的在斗争中受挫折的老实人，
所有古代民族的崇高和美德，他们残缺的历史由我们继承，
所有我们不知其名号、时期、地域的许多古代民族的美德，

所有曾经勇敢开创的事业，无论成功与否，
所有人类的神圣思想、金口良言或妙手天工给予的启示，
所有今天在地球的任一部分，或在任何游走的、固定的星球上，
由那里的人正像由这里的我们很好地想过、说过的东西，
所有今后你（不管你是谁）或任何人的思想、行为，
这些都适合、已经适合或将会适合那些从它们中已经产生或将会产生的个体。

你是否猜想过任何事物都只是昙花一现？
世界不是这样存在的，其摸得着、摸不着的部分都不是这样存在的，
尽善尽美之物无不是来自长久以前的尽善尽美，后者也是如此，
可以想象到的最遥远之物，并不比任何事物更接近开端。

凡满足灵魂的都是真实的；
而智慧完全满足灵魂的渴望和贪求，
只有它本身最终满足灵魂，
灵魂极其自尊，除了它自己，讨厌一切教训。

现在我小声念着智慧这个词，它和时间、空间、真实并驾齐驱，
它适合那除了自己、拒绝一切教训的自尊。

智慧是不可分的，

它拒绝把生命的一部分与其每一部分脱离，
它不把正当的和不义的、把活着的和死去的分开，
它让每一个思想或行动和跟它关联的相配，
它不知道可能的宽恕或替代性的补偿，
它知道那从容冒死、捐躯的青年人此生无憾，
而那从不冒生命危险、富裕安逸地活到老的人可能没有为自己做出值得一提的成就，
它知道只有那学会了重视结果的人，
那对肉体和灵魂同样喜爱的人，
那领悟到来世必然跟随现世的人，
那在任何紧急关头都情绪镇定、不避死亡的人，才真正懂得生命。

我沉着冷静

我沉着冷静，坦然站立在大自然中，
做万物的主人或主妇，在无理性的事物中泰然自若，
像它们一样丰富随和，像它们一样默默接受，
我发现我的职业、贫困、恶名、自负、罪行，都没有我想过的那么重要，
我走向墨西哥海，或住在曼纳哈塔、田纳西，或更北边，或在内地①，
作一个河上的人，或者森林里的、合众国乡下的、海边的、湖边的、加拿大的人，
啊，我这条命不管在哪儿活着，不管遇到什么变故，都会保持自我平衡，
都会像大树和野兽那样应付黑夜、风暴、饥饿、愚弄、意外和挫折。

---

① 墨西哥海，即墨西哥湾。曼纳哈塔，为纽约曼哈顿岛的印第安语称呼。

我和我的一切

我和我的一切永远磨炼自己，
承受严寒酷热，打枪百发百中，驾船骑马，生养最棒的孩子，
讲话从容清楚，在众人里感觉自在，
身处陆地和海洋的险恶环境时，能把握我们自己。

不要成个绣花女，
（总是有那么多绣花女，我倒也喜欢她们，）
要显现事物的本质，男人和女人固有的本质。

不要雕琢装饰品，
要自由地打凿出众多至高无上的神的头颅和四肢，让合众国知道他们在行走，在说话。

让我走自己的路，
让别人去颁布法律吧，我可不重视法律，
让别人去赞美名人、支持和平吧，我支持动乱和冲突，
我不赞美名人，我当面指责那个被认为是最尊贵的家伙。

(你是谁？你一辈子偷偷犯下了什么罪？
你要一辈子回避吗？你要一辈子辛辛苦苦、唠唠叨叨吗？
而你又是谁，用死记硬背的东西磨破嘴皮，什么年份、页数、语言、回忆录，
到今天还不明白你连说好一个词都不会？)

让别人去完善事物吧，我从不完善它们，
我像大自然一样用无穷的法则开启它们，新鲜现代，永无止境。

我不把任何事当作责任，
别人当作责任的事，我当作生命的冲动，
(我能把心跳当作一项责任吗？)

让别人去处理问题吧，我什么都不处理，我提出无法回答的问题，
我看见、接触的人是谁，他们怎么样？
这些像我的人怎么样？他们直接间接地温柔地吸引我。

我向世界提出，不要相信我的朋友讲的话，而是像我一样听听我的敌人，
我也要求你们，永远拒绝那些企图解释我的人，因为连我都不能解释自己，

我要求不要因我而建立什么理论或学派，
我要求你们让一切都自由，正像我让一切都自由。

跟着我吧，未来！
啊，我知道生命并不短促，而是长无限量，
因此我脚踩在这个世界上，贞洁，自制，早起，踏实地过日子，
每个钟头都孕育着绵延世纪的种子。

我将跟上这天空、海洋、大地的不间断的教诲，
我知道我没有可以浪费的时间。

在合众国旅行

我们开始在合众国旅行，
(是的，受这些歌的鼓动，走遍天下，
从今开始航行到每一块陆地、每一片海洋，)
我们乐意向所有人学习，给所有人教诲，爱所有人。

我们观察过四季怎样运行周转，
我们说过，为什么一个男人或女人不该像四季那样忙碌，那样慷慨付出呢？

我们在每座城镇都住上一会儿，
我们经过了加拿大、东北部、密西西比大河谷，还有南方各州，
我们跟合众国的每一个州平等地对话，
我们审问自己，邀请男男女女来听，
我们对自己说，记住，不要害怕，要坦率，敞开肉体和灵魂，
住上一会儿就接着走，要大方、节制、朴素、待人亲近，
你的付出会有回报，就像季节返回，
还可能像季节那样收获丰盛。

磁性的南方

啊，磁性的南方！啊，闪光喷香的南方！我的南方！
啊，急躁的脾气、旺盛的血、冲动和爱情！善良和邪恶！啊，我可亲的这一切！
啊，我可亲的出生之地①——那里的一切鸟兽、森林、庄稼、花草、河流，
我可亲的缓慢懒散的河，它们在远处流动，在银色的沙滩上流，经过沼泽地，
我可亲的罗阿诺克河、萨凡纳河、奥尔塔马霍河、皮迪河、汤比格比河、桑蒂河、库萨河和萨宾河，
啊，我在远方游荡、沉思，现在带着我的灵魂又回到它们的岸边溜达，
我又漂浮在佛罗里达那些清澈的湖上，在奥基乔比湖上，我跨过沼泽中的高地，叫人愉快的空地或稠密的树林，
我看见林中的鹦鹉，我看见木瓜树和开着花的常青树；
我又站在甲板上，驾船沿海岸航行，我向南开往佐治亚，向北

① 惠特曼出生于美国北方的纽约长岛，曾于1848年春季到南方的新奥尔良工作。

去卡罗来纳，
我看见那里的槲树在生长，我看见那里的黄松、芳香的月桂、柠檬和柑橘、柏树、漂亮的矮棕榈，
我驶过荒凉的海岬，通过一个小水湾进入帕姆利科湾，我向内陆眺望；
啊，棉花地！长着稻子、甘蔗和大麻的田地！
仙人掌长着护身的刺，月桂开着大白花，
更远的地方，富足或是贫瘠，老林子里树上披满了槲寄生，爬满了苔藓，
松树的清香和暗影，自然界可怕的静寂，（在这些稠密的沼泽里强盗带着枪，逃犯有他隐蔽的窝棚；）
啊，这些少为人知、难以通过的沼泽，自有古怪的魅力，到处是爬行动物，回响着鳄鱼的吼声、猫头鹰和野猫的凄厉叫声、响尾蛇的嗖嗖声，
知更鸟整个上午在唱，月夜里通宵在唱，
蜂鸟、野火鸡、浣熊、负鼠；
一片肯塔基的玉米地，高挑、优雅、叶子长长的玉米，苗条、碧绿，摆晃着，长着须子、紧巴巴的壳里藏着漂亮的玉米穗；
啊，我的心！温柔剧烈的疼痛，啊，我忍受不了了，我要离开；
啊，做一个弗吉尼亚人，我在那里长大！啊，做一个卡罗来纳人！
啊，无法抑制的渴望！啊，我要回老田纳西去，永远不再游荡。

曼纳哈塔[1]

当我正为我的城市找个独特完美的东西，
瞧那儿！就冒出了个土著的名字。

现在我明白了一个名字的含义，这个词顺口、聪明、好听、完满、无拘无束，
我知道了我的城市的名字是个来源古老的词，
因为我瞧见这个词栖息在壮阔的海湾里，
一个十六英里长的岛，根底扎实，富裕，周围到处是帆船和汽船，
数不清的拥挤的大街，铁的、细长的、威武的、轻盈的高楼大厦辉煌耸入晴空，
快日落时潮水又急又大，最叫我喜欢，
滚动的海流，很多小岛，附近有更大的岛子、高地、别墅，
数不清的桅杆，白色的近海汽船、驳船、渡船、漂亮的黑色远洋轮船，

① 曼纳哈塔，是印第安人对曼哈顿的称呼。

商业区的大街，批发商、船商、金融商的营业大楼，河边的街道，

移民来了，一礼拜有一万五千到两万人，

拉货的马车，神气的马夫，棕色脸膛的水手，

夏天的风，太阳明晃晃地照着，云彩在天上飘，

冬天的雪，雪橇的铃声，河上裂开的冰随潮涨潮落涌向上游下游，

城市的机械工人、师傅们，体格刚健，相貌英俊，率直地望着你的眼睛，

摩肩接踵的人行道，车水马龙，百老汇，娘儿们，商店和橱窗，

一百万人——风度潇洒高雅——声音爽朗——殷勤好客——年青人最是勇敢友善，

忙忙碌碌、波光闪闪的城市！高楼和桅杆的城市！

栖息在海湾的城市！我的城市！

我听见美国在歌唱

我听见美国在歌唱，我听见变化万千的颂歌，
机械工人的歌，人人唱着强健快活的歌，
木匠边唱边测量木板、横梁，
泥瓦匠边唱边准备干活或歇工，
船夫唱他船上的家当，水手在汽船甲板上唱，
鞋匠坐在板凳上唱，帽匠站着唱，
伐木汉子的歌，犁田小子早晨上工、晌午休息或日落时唱的歌，
母亲、干活的年轻媳妇、缝缝洗洗的姑娘唱着甜甜的歌，
每个人唱着只属于自己的歌，
白天唱白天的歌——晚上剽悍友善的年青朋友聚会，
放开喉咙唱起雄浑悦耳的歌。

[附原文]

I Hear America Singing

I Hear America singing, the varied carols I hear,
Those of mechanics, each one singing his, as it should be, blithe and strong,
The carpenter singing his, as he measures his plank or beam,
The mason singing his, as he makes ready for work, or leaves off work,
The boatman singing what belongs to him in his boat, the deckhand singing on the steamboat deck,
The shoemaker singing as he sits on his bench, the hatter singing as he stands,
The wood-cutter's song, the ploughboy's, on his way in the morning, or at the noon intermission, or at sundown,
The delicious singing of the mother, or of the young wife at work, or of the girl sewing or washing,
Each singing what belongs to her, and to none else,
The day what belongs to the day—at night the party of young fellows, robust, friendly,
Singing with open mouths their strong melodious songs.

我们熟悉的叶子

永远是我们熟悉的叶子！
永远是佛罗里达的绿色半岛——永远是路易斯安那宝贵的三角洲——永远是阿拉巴马和得克萨斯的棉田，
永远是加利福尼亚的金色山丘山谷，新墨西哥的银色群山——永远是清风吹拂的古巴①，
永远是广阔的不可分开的国土，河流注入南边、东边和西边的海洋，
合众国第八十三个年头的领土，三百五十万平方英里，
一万八千英里的海岸，三万英里的河流航道，
七百万个独立的家庭和同样数目的住宅——永远有这些，还会更多，滋生出数不清的分支，
永远是自由的国土和多样性——永远是民主的大陆；
永远是草原，牧场，森林，庞大的城市，迁徙的人们，加拿大②，冰天雪地；

---

① 古巴当时受西班牙殖民统治，并非美国的一部分。

② “加拿大”可能仅指加拿大河（今称圣劳伦斯河，其上游部分流经美国）流域；“加拿大”一词作为国家的名字始于1867年7月1日，英国颁布了《英属北美法案》，规定各英属北美殖民地组成单一的加拿大联邦。而此诗作于1860年。

永远是紧凑的陆地，腰上系着巨大的卵圆形湖泊串成的带子；
永远是西部，那里住着强悍的土著人，那里人口密度在增长，
居民们，友善的，危险的，说话带刺的，蔑视侵略者；
南方、北方、东部的各种景象——随时在杂乱发生的各种事件，
各种人物、行动、发展，少数受到关注，多数被人忽视，
我走在曼哈顿的大街上，收集着这些事情，
夜里在内河上，松节火光闪闪，汽船正添柴火，
白天阳光照着萨斯奎哈纳河、波托马克和拉帕哈诺克河、罗阿诺克和特拉华河流域，
在它们以北的荒野，食肉的猛兽出没在阿迪隆达克山地，或在萨吉诺湖边饮水，
在孤寂的水湾一只掉队的麻鸭凫在水面无声摇摆，
在农夫的牲口棚里，牛立着休息，秋收结束了，它们太累了，
远在北极的冰上，母海象昏沉沉趴着，它的幼崽们在旁玩耍，
鹰在人类未曾航行到的地方飞翔，在最远的北极的海上，在冰山那边，波浪泛起，亮晶晶，空旷旷，
白浪涛汹涌向前，船在暴风雨里飘摇，
坚实的陆地上当午夜钟声齐鸣，城市算是忙完了，
原始森林里吼声四起，狼嚎，豹啼，麋鹿沙哑咆哮，
冬天在穆斯黑德湖的蓝色坚冰下，夏天在清澈见底的水里，大鲑鱼在游，
在低纬度的卡罗来纳，在更暖的风里，巨大的黑秃鹰在树梢那边慢慢地高高地浮着，

其下，红雪松上吊着寄生草，松树、柏树从一马平川的白沙地里长出来，
简陋的小船沿浩大的皮迪河顺流而下，岸上攀缘植物长着五颜六色的花和果子，罩住了参天大树，
槲树上布满了藤蔓，长长地弯弯曲曲地垂得很低，在风里静静飘舞，
天刚黑，在佐治亚的马车夫帐篷里，有白人和黑人围着炊火做饭、吃饭，
有三四十架大车，骡子、牛、马在槽里吃料，
影子和光映上了老梧桐树，油松木上火苗、黑烟冉冉升起；
南方的渔夫在捕鱼，在北卡罗来纳海岸的海峡和海湾，捕鲱鱼，捕青鱼，巨大的拖网，岸上有用马拉的绞盘，有清洗、加工和包装的作坊；
在松林深处，松节油从树上的切口滴下，有松节油作坊，
有身强力壮的黑人在干活，地上到处盖满了松针；
在田纳西和肯塔基，奴隶们忙着加煤，在炉火旁铸造，或者剥玉米皮，
傍晚河上的船夫把他们的船安全停泊在高高的河岸的遮蔽下，
年轻人里有的随着班卓琴或小提琴跳舞，别的坐在船帮上抽烟、聊天；
后半晌，模仿鸟①，美国的学舌鹦鹉，在迪斯墨大沼泽啼唱，
那里有青青的湖水，树脂的气味，大片的苔藓，柏树和桧树；

① 模仿鸟，美国南方的一种善于模仿各种声音的鸟。

往北，曼纳哈塔的年轻人在傍晚郊游回来，惹人注目，枪口上
　吊着女人送的花束；
孩子们游戏，一个小男孩在他父亲腿上睡着了（他的嘴唇在动！
　他在梦中微笑！）
侦察员骑马走在密西西比河西边，他登上一座山丘瞭望四周；
加利福尼亚的生活，矿工们蓄着胡子，穿着粗布衣，忠实的加
　利福尼亚式的友谊，亲切的气氛，人在路上遇见的坟墓孤孤
　单单立在路边；
向南，得克萨斯的棉花地，黑人住的小屋，在大车前头吆喝骡、
　牛的车夫，棉花包堆在河岸和码头上；
美国的灵魂包绕一切，向高处和广处飙升，她有两个平等的部
　分，一个是爱，一个是扩展或自豪；
和土著易洛魁族人暗中举行和平谈判，印第安人的烟袋，象征
　善意、公断和认可的烟管，
酋长把烟先吹向太阳，然后吹向土地，
演头皮①舞戏，演出的人画了脸谱，用喉音高呼，
打仗的队伍出发了，秘密的长途行军，
单行的列队，挥舞的斧子，奇袭，杀戮敌人；
所有这些行为、景象、方式、人、合众国的态度、记忆、制度，
合众国上下紧密团结，她的每一平方英里毫无例外；
我高兴，漫步在小路、田野，巴门诺克的田野，
细瞧两只小黄蝶盘旋飞舞，互相兜圈子，在空中越飞越高，

① 印第安人习惯杀人后取其头皮，战争结束后，以所获头皮的数量表示战绩。

飞镖似的燕子，吃虫子，这些秋天南去的旅行者，春天早早返回北方，
天黑时赶牛的乡下小子大声吆喝，不让它们停下来吃路边草，
在波士顿、费城、巴尔的摩、查尔斯顿、新奥尔良、旧金山，
城市的码头上，水手起锚，船开航了；
那位强壮的美国主妇对着拥挤的听众发表公开讲话，
男人，女人，移民，团体，兴盛发达，有个性的各州，各为自己——会挣钱的家伙，
工厂，机器，机械的力量，绞盘，杠杆，滑轮，所有实在的东西，
实在的空间、增长、自由、未来，
在空间，有星星，散开的岛屿，斑斑点点——在牢固的大陆，有土地，我的国土，
啊，土地！于我如此亲切——不管你是谁（不管那是什么）我都随手放进这些歌里，成为歌的一部分，不管那是什么，
朝着南方，我尖叫，慢慢拍着翅膀，和上万海鸥沿着佛罗里达海岸去过冬，
要不我就在阿肯色河、格兰德河、努埃西斯河、布拉索斯河、汤比格比河、红河、萨斯喀彻温河或者奥萨奇河的两岸之间，随着春天的水笑啊，跳啊，跑啊，
向北，在沙滩上，在巴门诺克的某个浅湾，我和群群雪白的苍鹭一起涉水，寻找虫子和水草，
寻开心的极乐鸟用尖嘴戳了乌鸦后撤回，得胜地嘁嘁喳喳——

我也得胜地嘁嘁喳喳，

秋天迁徙的雁群落下休息，雁群觅食，放哨的在外围走来走去，昂头瞭望，不时地有别的雁子替换它们——我也在觅食，和它们轮流放哨，

在加拿大森林，硕大如牛的驼鹿被猎人逼到了死境，绝望地立起后腿，刨起刀样锐利的前蹄——我也刨向猎人，被逼到死境了，绝望了，

在曼纳哈塔，街道，码头，船舶，仓库，数不尽的工人在工场干活，

我也是曼纳哈塔人，把它歌唱——我的内心并不亚于整个曼纳哈塔，

我唱着我这些——我永远联结在一起的国土，正如我的肉体，骨血筋肉，一千种不同的东西必然筑成一个整体，我的国土也是必然地联结，筑成一个整体；

所有的出生地、风土气候、大草原上的草，

所有的城市、劳动、死亡、动物、产品、战争、善良和邪恶——这些都是我，

这万千事物给我、给美国提供了熟悉的叶子，我怎能不把它们联结梳理，传递给你？

不管你是谁！你也和我资格同等，我怎能不把神圣的叶子呈献给你？

我怎能不在这里歌唱时，请你为你自己采集几束合众国的无与伦比的叶子？

欢乐之歌（节选）

啊，作一首最快活的歌吧！

充满了音乐——充满了男子气概、女人气质、婴儿气息！

充满了大众劳动的气氛——充满了庄稼和树林的气味。

歌里有百兽嘶鸣——歌里有群鱼竞泳！

歌里有雨点淅淅沥沥！

歌里有阳光闪烁、波涛起伏。

啊，我心灵的欢乐——冲破了牢笼——像闪电飞射！

只拥有这个地球和一段时间是不够的，

我要拥有千万个地球、全部的时间。

啊，司机的欢乐！和火车头一道飞奔！

听蒸汽喷出，快乐的尖叫，汽笛长鸣，火车头欢笑！

毫无阻挡地前进，飞快地消失在远方。

啊，在田野和山坡上快活逍遥！

遍地是杂草叶子和小花，寂静的树林里潮湿清新，
天亮时土地发出清香，弥漫了整个上午。

啊，骑马的男人和女人的欢乐！
马鞍子，驰骋，在马背上颠腾，凉风在耳边和头发上飕飗。

啊，回到我出生的地方！
再一回听鸟儿歌唱！
再一回在爹妈的房子和谷仓周围溜达，在田野上漫步，
再一回穿过果园，踏上老路。

啊，在海湾、在环礁湖、在海岸上长大，
我一辈子厮守在那里干活儿！
咸湿的气味，海滩，从浅水里冒出的海草，
渔民的活计，抓鳗鱼的，拾蛤蜊的，
我拎着蛤蜊耙子、铲子来了，我扛着鳗鱼叉子来了，
退潮了吗？我到平滩上跟大伙儿一起挖蛤蜊，
我像个劲头十足的小伙子，跟他们一边干活儿一边开玩笑。

天暖时有一回我划船去取虾篓子，它们是用重石块沉到水里的，
（我认得那些浮标，）
啊，真美呀，海上五月的早晨，我朝浮标划去，太阳就要出来啦，

我歪歪斜斜地把柳条篓子拉上来，当我把绿色的龙虾抓出时，
　它们拼命挥舞钳子，我拿木钉插进它们的钳子，
一处接一处，我取了所有篓子，然后划回岸边，
一大锅水滚开了，龙虾就要给煮得通红。

啊，捕鲸人的欢乐！我又重作旧日的巡游！
我感受到船在脚下颠簸，大西洋的风吹着我，
我又听见从桅顶传来的呼叫，“看那儿——鲸喷水了！”
我又飞快爬上绳索，和别人一起观望，我们蹿下来，兴奋得
　发狂，
我跳进放下水的小船，我们朝猎物划过去，
我们悄悄靠近了，我看见那山一样的庞然大物在晒太阳打盹儿，
我看见标枪手站起来了，扬起健壮的胳膊投出武器，
受伤的鲸，急忙游向远处，一会儿沉下，一会儿逆风游，拖着
　我们的船，
我又看见他浮上来换气，我们再次划近，
我看见一根长矛扎进他的肋部，扎得很深，在伤口里转动，
我们又给甩到后边了，他又沉下了，他活不了多久了，
当他浮上来时，喷着血，我看见他兜着圈子游，越来越窄，急
　促地搅着水，
他在圈子中央抽搐着跳了起来，然后落进血沫子里躺着，一动
　不动。

啊，去矿山干活儿，去炼铁！
在铸造厂铸铁，简陋高耸的屋顶，宽大阴暗的厂房，
熔炉，滚烫的液体倾泻出来，流淌着。

啊，农夫的欢乐！
天一亮就起来，轻快地出去干活儿，
秋天为了冬播的庄稼犁地，
春天犁地种玉米，
秋天修整果园，嫁接果树，摘苹果。

再说士兵的欢乐！
感受一位骁勇的将军近在身旁——感受他的感受！
瞻仰他的镇定——在他微笑的光辉里得到温暖！
奔赴战斗——听军号吹响，战鼓擂响！
听大炮轰鸣——看刺刀和枪膛在阳光里闪亮！
看人们倒下死去，毫无怨言！
尝到了野蛮的血腥滋味——变得穷凶极恶！
看着敌人伤亡幸灾乐祸。

啊，我的老年时代，最崇高的欢乐！
我的儿女、孙儿们，我雪白的头发和胡须，
我历经沧桑后心地宽阔、沉静、庄严。

啊，认识空间吧！
一切是那样浩瀚，没有边际，
成为天空，成为太阳、月亮和飞翔的云，和它们融为一体。

啊，独立的男人的欢乐！
独立的人格，不对任何人、不对任何有名没名的暴君卑躬屈膝，
挺起腰板走路，步伐轻捷有弹性，
目光闪亮地观看或沉稳地凝视，
讲话时从宽阔的胸膛发出饱满洪亮的嗓音，
以你的人格去面对大地上所有其他人的人格。

你懂得年轻人最大的欢乐吗？
那欢乐来自亲爱的伙伴，愉快的谈话，笑嘻嘻的脸，
那欢乐来自快活的阳光灿烂的白天，来自开心的游戏，
那欢乐来自美妙的音乐，明晃晃的舞厅和舞伴，
那欢乐来自丰盛的筵席，和朋友们开怀畅饮。

但是，我至高无上的灵魂！
你懂得沉思的欢乐吗？
那欢乐来自自由而寂寞的心，温柔而忧郁的心，
那欢乐来自孤独的散步，心灵低沉而骄傲，痛苦而奋争，
那欢乐来自对抗的煎熬，心醉神迷，不分昼夜的冥思苦想，
那欢乐来自对死亡的思考，对伟大的时间和空间的思考，

我活着就是生活的主人而非奴隶，
作为强大的征服者面对生活，
不发怒，不厌倦，不抱怨，不冷嘲热讽。
向天空、海洋和大地的壮丽法律证明我内心的灵魂岿然坚定，
任何外来事物休想支配我。

向着强大的势力斗争，勇敢面对敌人！
单枪匹马面对他们，看一个人能承受多重！
面对面地迎接冲突、刑罚、监牢、众人的憎恨，
毫无畏惧地登上断头台，冲向枪林弹雨！
成为一个真正的神！

啊，让我今后的生活成为一首新的欢乐之歌！
跳舞、拍手、欢腾、喊叫、蹦呀、跳呀、打滚、摇摆，
做一个世界的水手，奔赴所有的码头，
就做一条船吧，(看我迎着太阳和天空扬起了帆，)
一条飞快的抖擞的船，装满了丰富的词句，装满了欢乐。

当我和生命之海一起退潮

1

当我和生命之海一起退潮，

当我走在熟悉的海岸，

当我走在那里，细浪不断冲刷着你，巴门诺克①，

他们发出粗哑、细碎的沙沙声，

凶猛的老母亲②为遇难的人们不停地哭喊，

在这秋天的傍晚我沉思着，凝望南方，

被这内心的灵感抓住，我豪情勃发，涌出诗篇，

被那幽灵抓住，他跟踪着脚下一道道线条，

那一圈沉积物，象征了地球所有的江河湖海、所有的土地。

心醉神迷，我的目光从南方转回，落下，巡视那一道道狭长的

---

① 巴门诺克，为纽约长岛的印第安语称呼，意为“鱼形”，位于纽约东南部，是惠特曼的出生地，故后文里称其为“父亲”。

② 老母亲，指大海。

　沉积，
都是些潮水留下的谷糠、麦秸、木片、海草、海藻，
浮渣、从亮光岩掉下的介壳、海菜叶，
走了几英里，我的另一边响着碎裂的涛声，
我思索那物我类似的古老思想，就在那时、那里，
巴门诺克，你鱼形的岛，你把这些呈现给我，
当我走在熟悉的海岸，
当我走着，心生灵感，搜寻诗的字眼。

2

当我走向不熟悉的海岸，
当我倾听那哀歌，那遇难的男男女女的声音，
当我吸入那扑面而来的无形的微风，
当海洋如此神秘地朝我滚滚而来，越来越近，
我也最多不过像是一点冲上来的碎屑，
收集一把沙子，几片败叶，
收集，把我自己也当作沙子和碎屑糅合在一起。

啊，挫折，困顿，就要趴倒在地，
被自己所压抑，因为我竟敢开口，
现在才明白，所有那些胡扯引起的回声反作用于我，我丝毫不
　清楚我是谁，我是什么，

只知道我所有那些盛气凌人的诗面前，真正的我还没有触及，
　没有表白，根本没有露面，
他撤得远远的，用嘲讽似的祝贺的手势和鞠躬嘲讽我，
对我写下的每一个字远远地发出阵阵冷笑，
无言地指着这些诗，然后指着下面的沙子。

我发觉我还没真正懂得什么事，一件都不懂，也没人能懂，
在这大海面前，大自然捉弄我，朝我投枪，刺痛我，
因为我竟敢开口歌唱。

3

你们两大海洋，我和你们靠近，
我们同样轻声责备地卷起沙子和漂浮的碎屑，不知为什么，
这些小小的碎屑确实象征着你们、我和一切。

你这易碎的海岸，布满一道道碎屑，
你鱼形的岛，我抓起脚下的东西，
凡是你的都是我的，父亲。

我也同样，巴门诺克，
我也曾泛起泡沫，无尽地漂流，被冲上你的海岸，
我也不过是一点漂浮的碎屑，

我也留给你小小的残骸，你鱼形的岛。

我把自己投入你的胸怀，父亲，
我依附着你，好让你不能摆脱我，
我紧紧抱住你，直到你回答了我。

亲吻我，父亲，
用你的唇抚摸我，就像我抚摸我爱的人，
当我紧抱你时，把我嫉妒的那呢喃的秘密吐露给我。

4

退潮吧，生命的海洋，（潮水还会回来，）
凶猛的老母亲，不要停止你的哀号，
不停顿地为你遇难的人们哭喊吧，可不要怕我、拒绝我，
当我接触到你、从你那里收集什么时，不要那么粗暴愤怒地拍打我的脚。

我要你和所有人体贴待我，
我收集是为自己，为了这个幽灵，他俯瞰着我们生活的地方，跟随着我和我的一切。

我和我的一切，松散的碎屑，小小的尸体，

浮渣，雪白的，还有泡沫，
(看，从我僵死的嘴唇终于淌出了东西，
看，五颜六色在闪耀，在翻卷，)
一丛丛麦秆、沙子、碎片，
在这里浮出了，他们来自许多互相矛盾的心绪，
来自暴风雨、长久的平静、黑暗、大浪，
来自沉思、默想、一次呼吸、一滴咸咸的泪水、一点液体或
　土壤，
就像经过繁重的劳作、酝酿后抛出的结果，
就像一朵两朵蔫萎、撕碎的花，还在海上随波逐流，
就像大自然为我们呜咽的哀歌，
就像我们出生之地那云中的喇叭长鸣，
我们变幻无常，被带到这里却不知来自何方，我们横陈在你
　面前，
而你，在那里行走或静坐，
不管你是谁，我们也在你脚边的碎屑里。

我们俩，被愚弄了这么久

我们俩，被愚弄了这么久，
现在变了，我们飞快地逃跑，像大自然一样逃跑，
我们就是大自然，我们久违了，可现在我们回来了，
我们成为大树、树干、树叶、树根、树皮，
我们埋藏在地下，我们是岩石，
我们是橡树，在旷野里并排生长，
我们吃草，我们是两头野牛，自自然然地随着牛群，
我们是两条鱼，在海里一同游泳，
我们是槐树花，早晨和傍晚在巷子里散发芳香，
我们也是野兽、植物和矿石上的粗糙斑痕，
我们是两只食肉的鹰，我们蹿到天上，向下巡视，
我们是两颗辉煌的太阳，像星球那样自我平衡，我们是两颗彗星，
我们是森林里四只脚的潜行者，尖牙利齿，我们扑向猎物，
我们是两片云，午前午后在天上奔驰，
我们是交汇的海洋，我们是两道快活的波浪，互相扑打，拥抱翻滚，

我们是大气，透明，容纳一切，

我们是雨、雪、严寒、黑暗，我们是地球上形形色色的一切，

我们轮转，轮转，直到再次回到家里，我俩的家，

我们抛弃了一切，只要自由和我们自己的欢乐。

一只无声坚忍的蜘蛛

一只无声、坚忍的蜘蛛，
我看到它孤立栖息在小小的海岬上，
看着它怎样在空旷的四周探索，
从体内抛出一根根蛛丝，
不断抛出，不知疲倦地忙碌。

而你，啊，我的灵魂，你的栖息之地，
被茫茫无际的空间的海洋包围、隔绝，
不断沉思、冒险、探索，寻求把海洋连接起来，
直到你需要的桥梁落成，直到坚韧的锚抛下，
直到你抛出的蛛丝有所系挂，啊，我的灵魂。

我坐而眺望

我坐而眺望世上的一切忧患、一切压迫和耻辱，
我听见年轻人偷偷地抽泣，为自己做过的事感到悔恨和苦闷，
我看见贫穷的母亲受到自己孩子们的虐待正在死去，无人照料，凄凉绝望，
我看见受丈夫虐待的妻子，我看见玩弄姑娘的阴险骗子，
我注意到企图遮掩的嫉妒和单相思的痛苦，我看见了世上的这些景象，
我看见战争、瘟疫、暴政的恶果，我看见殉难者和囚徒，
我看见海上的饥饿，水手们抓阄决定杀死谁来让其余的人活下去，
我看见傲慢的人对劳工、穷人、黑人的轻蔑和鄙视，
所有这些——所有这些没尽头的卑鄙和痛苦，我坐而眺望，
我看见，听见，沉默。

给一个学生

要改头换面吗？是你要吗？

改变得越大，为了实现它，你需要的人格就越强大。

你！不明白吗，有清洁新鲜的眼神、气质、面容会起多大作用？

你不明白吗，有了这样的肉体和灵魂，当你走进人群时会起多大作用？一种欲望和权威的氛围会伴随你走进，你的人格会给每个人留下印象。

啊，有磁力的人！血肉饱满的人！

去吧，朋友！要想这样，就甩开别的一切，从今天开始让自己习惯于勇敢、踏实、自尊，目标明确，气派高贵，

不要停顿，直到你坚定地展现出自己的人格。

日落时的歌

白日消逝时的光辉使我心绪饱满，浮想联翩，
这是预示未来的时刻，回到过去的时刻，
多少话涌上喉头，你，神圣的平凡，
你，大地和生命，我要歌唱，直到落日收敛最后一线光芒。

我的灵魂开口倾吐欢乐，
我灵魂的眼睛注视着完美，
我自然的生命，真诚地赞颂，
永远为万物的胜利作证。

一切是辉煌的！
我们称之为空间、承载无数灵性的天体是辉煌的，
万物，甚至最小的昆虫，它们运动的奥秘是辉煌的，
语言、感觉、肉体是辉煌的，
正在消逝的光是辉煌的，——西天新月反射的淡淡的光是辉煌的，
凡我看见、听见、触及的事物永远辉煌。

善存在于一切事物之中，
存在于动物的满足和泰然，
存在于年年回返的季节，
存在于年轻人的欢闹，
存在于成年人旺盛的力量，
存在于老年的庄重和优雅，
存在于死亡的壮丽前景。

我热切地赞美你们和我自己是美妙的！
我的思想多么敏锐地思考着周围的景象，
云怎样悄悄在头顶飘过！
地球怎样向前奔突！日月星辰怎样向前奔突！
水怎样嬉戏、歌唱！（它当然是活的！）
树怎样长起来、站起来，长成结实的树干，长出树枝和树叶！
（当然，每棵树还有更多东西，活的灵魂。）

啊，事事令人惊奇——甚至最小的颗粒！
啊，事物的灵性！
啊，诗的音乐，流传了多少时代和大陆，现在来到美国和我这里！
我接过你强大的和弦，到处传播，兴高采烈把它们推向前去。

我也歌唱初升和正午的太阳，而现在，它在落下，
我也为大地的头脑和美、为大地上生长的一切感到震撼，
我也感受到我自己的不可抵抗的召唤。

当我开船沿密西西比河顺流而下，
当我在大草原漫游，
当我活着，我通过我的窗口，我的眼睛向外张望，
当早晨我走出去，看见东方破晓的光，
当我在东海岸沐浴，又在西海岸沐浴，
当我在内陆的芝加哥大街上行走，无论我在哪里的大街上行走，
或者在城里，在寂静的树林里，在和平或战争的场合，
无论我在哪里，我都让自己感到满足和惬意。

我歌唱现代和古代的平等，
我歌唱事物没有终结的终结，
我说大自然长存，光荣长存，
我用带电的声音赞美，
因为我在世界上没有看到一件事物不完美，
我在世界上没有看到一项事业和结果让人悲伤。

啊，落日！尽管时候到了，
我依然在你的下面唱出我对你没有衰减的崇敬。

1861 年①

武装的年头——斗争的年头！
可怕的年头！你没有优美的歌谣、伤感的情诗，
你不是个面无血色的小诗人，坐在书桌旁哼哼华丽的钢琴曲，
你可是条刚强汉子，腰板挺直，穿着蓝制服，扛着来复枪，
　前进，
身子骨特结实，脸手晒黑了，腰带上别着刀，
我听见你高嗓门呼喊，洪亮的声音震响整个大陆，
啊，1861 年，你男子汉的声音在伟大的城市升腾，
在曼哈顿的男人中我看到了你，是一个工人，曼哈顿的公民，
你来自伊利诺伊和印第安纳，大踏步跨过草原，
以矫健的步伐跨过西部，走下阿勒格尼山脉，
你来自大湖区，或者就在宾夕法尼亚，或者站在俄亥俄河面的
　船板上，
或者沿着田纳西河或卡伯兰河南下，或者在查塔努加的山冈上，
带劲的年头，我看见你的步伐，你强壮的身躯穿着蓝制服，带

① 1861 年，美国内战爆发；当时北方军队（即联邦政府军队）的士兵都身穿蓝制服。

　着武器，
我听见你一次又一次发出坚定的声音，
1861 年，你突然用浑圆的炮口歌唱，
现在我回望你，匆忙、毁灭、悲惨、叫人发狂的年头。

敲呀！敲呀！战鼓！

敲呀！敲呀！战鼓！——吹呀！军号！吹呀！
穿过窗户——穿过大门——如一股无情的力量爆炸，
冲进庄严的教堂，驱散聚会的信徒，
冲进学校，打断学究的苦思冥想；
让新郎不得安静——现在他和新娘还不得享受幸福，
让安宁的农夫不得安宁，让他们停止耕种、收割，
鼓啊，你就这样凶暴地擂响——号啊，你就这样尖厉地呼啸。

敲呀！敲呀！战鼓！——吹呀！军号！吹呀！
声音越过车水马龙的城市，盖过了车轮的辘辘轰鸣，
房间里铺好了过夜的床吗？没人能享用了，
生意人休想在白天做生意——没有了掮客和投机商——他们还想接着做吗？
演讲的人还要讲吗？唱歌的人还想唱吗？
法庭里的律师还要向法官慷慨陈词吗？
那么鼓啊，你更快更重地敲吧——号啊，你更猛更野地吹吧！

敲呀！敲呀！战鼓！——吹呀！军号！吹呀！
不要去商量——不要停下来劝告，
别理那些胆小鬼——别管那些哭啼祷告的家伙，
别理那个向年青人乞求的老头，
别听小孩吵吵，也别听孩子妈恳求，
你要把灵床上等着入土的死人也震醒，
啊，可怕的战鼓，你就这样重重地敲吧——军号，你就这样高声地吹吧！

百岁老人的故事[①]

1861—1862年的一个志愿兵（在布鲁克林的华盛顿公园里，搀扶着百岁老人）。

把手伸给我，老革命，
山顶不远了，只有几步路，（借光，先生们，）
你一百多岁了，可一路上跟着我走得挺好，
老人家，尽管你的眼睛不中用了，可你还能走，
你的身子骨还硬朗，今天我还要沾你的光。

歇会儿吧，我告诉你周围是些什么人，
在下边平地上，是新兵在操练，
那儿有个军营，明天有个团要开拔，
你听得见军官发号施令吗？

---

① 这个故事讲述的是1776年8月27至29日的纽约长岛战役，是美国独立战争期间英国与美国之间第一场陆上会战，也是整场独立战争规模最大的一场战役。惠特曼祖父的一个兄弟曾经参战并阵亡。

你听得见枪咔嚓响吗？

哦，老人家，你现在怎么了？
为什么发抖，为什么这么牢牢抓着我的手？
军队只是在操练，他们被人围着，还笑呢，
围着他们的都是穿戴体面的朋友和女人，
下午的太阳照得多亮多暖，
盛夏里到处一片绿，小风吹着，又清爽又调皮，
吹过那些自豪、和平的城市，和它们之间的海湾。

操练和检阅结束了，他们列队走回营房，
听听喝彩的掌声吧！听见鼓掌很起劲吧！

现在人们离去了——老人家，只剩下我们了，
我不是无缘无故带你来这儿——我们必须留下，
轮到你讲了，我听着。

百岁老人

刚才我抓着你的手，不是由于害怕，
是突然间有那么多回忆从四面八方涌向我，
就在下面小伙子们操练的地方，在他们跑上的山坡，
在支帐篷的地方，还有你看见的南边，不管是东南、西南，

在山上，跨过低地，在树林边上，
沿着岸边，在泥地里（现在已经填平了），他们回来了，突然爆发了，
像八十五年前一样，那可不是检阅，接受朋友们鼓掌，
而是一场战斗，我亲身参加了——是啊，过去很久了，我参加了，
走在这个山顶上，同样是这片地方。

是的，是在这片地方，
我说话的时候，我的瞎眼睛看见人们从坟墓来到了这里，
年头倒退，马路和大楼消失了，
又出现了简陋的工事，带箍的老式枪炮架好了，
我看见一道道垒起的防线从河边伸展到海湾，
我看见了海、高地和山坡，
我们在这里扎营，也是在夏天的这个时候。

我说着就想起了一切，我记得那个《宣言》①，
是在这儿宣读的，全军接受检阅，在这里给我们宣读，
将军站在中间，参谋们站在周围，他举起拔出鞘的剑，
整个军队都看见了，剑在太阳下锃亮。

---

① 指美国《独立宣言》，于1776年7月4日由大陆会议通过，8月2日由国会签署，三个星期后，英国军队前来进攻，发生了长岛战役。

当时那是个大胆的举动——英国军舰刚刚抵达，
我们能瞧见他们在下面的海湾里抛了锚，
运输船上挤满了士兵。

几天后，他们登陆了，接着战斗打响了。

有两万人来对付我们，
那是支经验丰富的部队，大炮很好。

现在我不说整个战役，
只说一个旅，一大清早就接到命令去揍那些穿红军服的家伙，
我就说那个旅，怎样顽强地挺进，
他们面对死亡坚持了多久多么出色。

你以为那个旅是些什么人？那么顽强地挺进，严峻地面对死亡，
都是最年轻的人，两千条好汉，
他们在弗吉尼亚和马里兰长大，许多还认识将军本人。

他们轻松地朝加瓦纳斯海湾快步前进，
在夜里他们走进树林里的小路，突然，没有料到，
英国人来了，从东边楔进来了，猛烈开火，
那个最年轻的旅被截断了去路，落入敌人的手心。

将军就从这座山上望着他们，
他们一次又一次拼死突围，
然后他们紧紧地集中在一起，军旗飘在中央，
可是啊，从山上射来的炮火使他们一批批倒下！

那场屠杀，还叫我寒心呢！
我看见将军脸上凝出了汗珠，
我看见他痛苦地绞着两手。

同时英国人设计引我们出去打一场阵地战，
但是我们没有打赢阵地战的把握。

我们分散开去打，
我们在几个点上出击，可都没有碰到好运气，
我们的敌人在推进，一步步取得优势，逼得我们退到这座山上的工事里，
直到我们在这里掉转身来威胁他们，然后他们离开了我们。

那个最年轻的旅就那么完了，两千条好汉，
没有几个回来，都留在了布鲁克林。

那就是我的将军在这里打的第一仗，
没有女人来瞧，没有太阳晒，结束时没有喝彩，

那时这里没有人鼓掌。

只有黑暗、迷雾，下着冷雨，
那个夜晚我们精疲力竭躺在地上，沮丧，憋气，
而驻扎在我们对面不远，许多傲慢的老爷嘲笑我们，
能听见他们摆宴碰杯，欢庆胜利。

这样沉闷、潮湿，又过了一天，
那天夜里，雾散了，雨停了，
敌人以为肯定能消灭他，我的将军却像鬼魂似的悄悄撤退了。

我在河边看见他，
由火把照着走下渡口，催促大家上船，
我的将军直等着所有士兵和伤员都过了河，
那时候，（太阳就要出来了，）我这双眼睛最后一次落在他身上。

每个人似乎都很忧郁，
许多人无疑想到了投降。

但是当我的将军经过我的时候，
他站在他的船上，看着升起的太阳，
我看见的不是投降。

尾声

足够了，百岁老人的故事讲完了，
过去和现在，互相交换了，
我，作为中间人，伟大未来的歌手，现在要发话了。

这就是华盛顿踏过的土地吗？
我天天不经意地渡过的河，就是他曾经渡过的吗？
他面对失败时，跟别的将军面对最骄傲的胜利时一样坚定吗？

我必须记录这个故事，让它四处传诵，
我必须保存那道目光，它曾经照亮布鲁克林的河。

看——一年一度的日子到了，幽灵们回来了，
这是八月二十七日，英国人登陆了，
战斗打响了，于我们不利，透过硝烟，看华盛顿的脸，
弗吉尼亚和马里兰的旅已经开拔去阻击敌人，
他们被截断了，屠杀的大炮从山上向他们狂轰，
一排接一排的人倒下了，军旗在他们头上静静低垂，
那一天在年轻人流血的伤口中，
在死亡、失败和姐妹母亲的泪水中洗礼。

啊，布鲁克林的山！你比人们想象的更加珍贵，
在山中间矗立着一个古老的军营，
永远矗立着那个牺牲的旅的军营。

首先唱一支序曲

首先唱一支序曲，
在绷紧的耳膜上轻轻奏响我的城市的自豪和欢乐，
她怎样带领众人拿起武器，她怎样给予暗示，
她怎样身手敏捷，毫不迟疑，一跃而起，
(多么至高无上！啊，曼哈顿，你是我的，无与伦比！
在危险时刻，在危机中，你是最强大的！比钢铁还真实！)
你怎样一跃而起——你怎样随手扔掉和平的装束，
你怎样把柔和的歌剧音乐更换为战鼓和军笛，
你怎样引领战争，(这将作为我们的序曲，士兵的战歌，)
曼哈顿怎样带头擂响战鼓。

四十年了，我在我的城市里观看士兵行进，
四十年如同一支壮丽游行，直到突然间这躁动城市的女主人，
在她的船舶、房屋、无数财富之中没有睡觉，
连同她周围的百万儿女，
在死寂的夜里，突然间被来自南方的消息激怒，
攥紧的拳头砸向街道。

如同一次电击，黑夜承受着，
直到破晓，千百万人蜂拥而出，发出可怕的喧嚣。

从住所，从车间，从所有大门，
他们喧嚷着跳出来，看！曼哈顿拿起了武器。

回应急促的鼓声，
年轻人集合，拿起了武器，
机械工拿起了武器，（铲子、刨子、铁匠的锤子被匆匆撂在一边，）
律师离开事务所，拿起了武器，法官离开法庭，
车夫把马车丢在街上，蹦下来，把缰绳甩到马背上，
伙计离开店铺，老板、会计、搬运工统统离开了；
到处都有班队集合，同仇敌忾，拿起武器，
新兵，甚至还有孩子，由老兵示范怎样佩带刀枪，扣好腰带，
户外是武器，户内是武器，毛瑟枪筒锃亮，
白帐篷在营地里扎堆，周围是武装的哨兵，日出日落都要鸣炮，
天天都有武装的团队到达，穿过城市，在码头登船，
(他们真帅，看他们走到河边，淌着汗，扛着枪！
我好喜欢他们！好想拥抱他们，他们的棕脸膛和衣服背包上沾满了土！)
城市的血液沸腾——武装好了！武装好了！吼声四起，

从教堂的尖塔，从所有公共建筑和店铺里，旗子挂出来了，
挥泪离别，母亲吻着儿子，儿子吻着母亲，
(母亲不愿分开，却一句挽留的话也没说，)
喧嚷的护送队，一排排警察在前头开路，
群情鼎沸，人们为他们的宠儿狂热欢呼，
炮队，一路拖着的沉默的加农炮，亮得像金子，在石头路上辘辘轻响，
(沉默的加农炮，不久就会停止沉默，
不久就会开始执行火红的使命；)
全都叽叽喳喳进行准备，全都毅然决然拿起武器，
医院设施，软麻布、绷带和药品，
志愿当护士的妇女认真着手工作，眼下已不仅仅是游行；
战争！全副武装的民族在前进！迎接战斗，决不回避；
战争！管它几个礼拜、几个月、几年，全副武装的民族在前进，迎接它。

曼纳哈塔在前进——啊，好好歌唱它吧！
啊，奔赴那军营中男子汉的生活。

坚强的炮队，
大炮亮得像金子，大个子们，好生伺候这些大炮，
做好准备！（再不像过去四十年里只为了礼仪鸣炮致敬，
现在除了火药和填料，还得装进别的东西。）

而你，船的女主人，你，曼纳哈塔，
这自豪、友好、躁动城市的女主人，
在和平与富庶中你时常沉思，在你的孩子们当中暗暗皱眉，
可是现在，你快乐地笑了，古老的曼纳哈塔在欢腾。

时代，从你那深不可测的海洋崛起吧

1

时代，从你那深不可测的海洋崛起吧，直到你更加高傲凶猛地横扫一切！
为了我那渴望施展拳脚的灵魂，我长久地狼吞虎咽大地给我的一切，
我长久游荡于北方森林，长久守望尼亚加拉大瀑布，
我走遍了每一片草原，在它们胸口睡觉，我穿越了内华达，跨过了高原，
我攀上了太平洋沿岸高耸的岩石，我扬帆出海，
我在风暴里航行，那风暴使我神清气爽，
我快活地瞧着凶巴巴的贪吃的浪头，
瞧着雪白的波涛涌得老高，卷成狂澜，
我听见风在呼啸，看见黑压压的云，
从下看那升腾的一切，（好壮观啊！就像我的心，癫狂，带劲！）
听那滚滚的雷声紧跟在闪电之后，

注视那细长的锯齿形闪电，它们在喧嚣中互相追逐，迅猛划过天空，
如此这般，我都欣喜地看见了——怀着惊奇，还有沉思和自负，
地球上所有的威慑之力涌现在我周围，
我的灵魂享用了，很满足，洋洋得意。

2

好啊，灵魂——你为我做的准备很充实，
现在我们进一步去满足我们暗藏的更大的胃口，
现在我们去领受大地和海洋从没给予过我们的东西，
我们不是去穿越强大的森林，而是穿越更加强大的城市，
有些比尼亚加拉大瀑布更加了不得的事物在为我们倾泻，
人的激流，（西北部的资源和溪流，你们真的不会枯竭吗？）
对于这里的街道和住宅，那些高山大海的风暴算得了什么？
对于今天我目击到的洋溢我周围的热情，那海洋的浪潮算得了什么？
那乌云下吹奏死亡的风算得了什么？
看！从那更加深不可测的地方涌出更加致命野蛮的东西，
曼哈顿在崛起，以咄咄逼人的架势前进——辛辛那提、芝加哥，都挣脱了锁链，
我在海上看过的洪涛算得了什么？看在这里出现的吧！
看它怎样放开手脚奋勇攀登——怎样冲刺！

真正的雷霆怎样在闪电之后咆哮——那闪电的光芒多么雪亮!
民主怎样迈开拼死复仇的步伐，以闪电的光芒现身黑暗!
(不过当震耳欲聋的混乱暂停，
我似乎听见黑暗里传来悲哀叹息和低声哭泣。)

3

雷声，继续滚动吧！民主，阔步向前吧！加紧复仇的打击!
啊，时代，啊，城市，更加高昂地崛起吧!
啊，风暴，更加有力地摧枯拉朽吧！你曾让我感觉很爽，
我的灵魂在山里做好了准备，汲取了你永生的充足的营养，
我曾长久地走过我的城市、我的乡村农场，只有一半的满足，
一个令人恶心的怀疑，像条扭曲的蛇，在我面前的地上爬行，
它频繁地走在我前面，常常回头对我发出讽刺的咝咝声，
我抛离了我那么喜爱的城市，奔向肯定会合我口味的地方，
渴望着，渴望着，渴望着原始的活力和大自然的胆魄，
我只能靠它振奋自己，我只喜欢它的滋味，
我等候那郁积的火喷发——我在海上在风中长久等候，
而现在我不再等了，我完全满足了，太满足了，
我见证了真正的闪电，见证了我的发出电光的城市，
我活着看见人类冲出牢笼，武装的美国崛起，
今后我不再到北方孤寂的荒野里寻找食粮，
不再到山里游荡，不再去风暴之海航行。

急行军

一次急行军，队伍走在不熟悉的路上，
在黑暗里我们放轻脚步，通过一座茂密的森林，
我们的部队损失惨重，残余的人郁闷地撤退，
直到午夜我们才看到微弱的灯光，是从一座建筑里发出的，
我们来到森林里的一片空地，在建筑旁休息，
这是座很大的老教堂，在十字路口，现在当作了临时医院，
我只进去了一会儿，看到了在所有绘画和诗歌里从没见过的
　情景，
黑影憧憧，只有移动的蜡烛和灯发出光亮，
还有一支很大的沥青火把，固定在那里，狂喷赤焰和浓烟，
就这样，我影影绰绰看见一排排的人，被放在地板或长凳上，
能看清楚我脚边的一个士兵，还是个孩子，淌着血快要死了，
　(他的肚子中了弹，)
我临时给他止血，(这小子的脸白得像朵百合，)
离开前我扫视了一下，想把整个情景记住，
各种各样的脸和姿势，难以描述，大多在阴暗里，有的已经
　死去，

医生在做手术，护士举着灯，乙醚的气味，血的气味，
到处是人，啊，都是流血的士兵，外面院子里也挤满了，
有的就放在地上，有的在木板或担架上，有的快死了，抽搐着，冒冷汗，
时不时听见尖叫和哭声，医生大嗓门发着命令、叫喊，
在火把的映照下小小的金属器械闪着亮，
我写这首诗时回想着这些，又看见那些人影，闻到那股气味，
接着听见外面传来命令，集合，我的人集合；
可我首先向那个正在死去的孩子弯下腰，他睁着眼睛，给了我一丝微笑，
然后眼睛闭上了，平静地闭上了，于是我冲入黑暗，
继续行军，永远在黑暗里在队伍里行军，
在不熟悉的路上行军。

骑兵过河

一支长长的队伍在绿岛间迂回行进，
像蛇一样，他们的武器在太阳下闪亮——听那铿锵悦耳的声音，
看那银色的河，马踢出浪花，磨蹭着，停下来饮水，
看那些棕脸膛汉子，大大咧咧歪在马鞍上，每一伙，每一个，
　都是一幅画，
有的上了河对岸，有的刚刚踏进河里——此时，
深红的、蓝的、雪白的，
队旗在风里欢快地飘。

一天夜里我奇异地守卫在战场上

一天夜里我奇异地守卫在战场上；
那一天你，我的孩子我的同伴，倒在我身旁，
我只看了你一眼，你那亲切的一瞥回眸叫我永生难忘，
你的手碰了一下我的，啊孩子，你躺在地上抬起的手，
我立刻又继续战斗，那不分胜负的战斗，
直到深夜撤回原地，我才终于能去寻找，
我发现你死了，身体冰凉，亲爱的同伴，曾用亲吻给我回报的
　孩子，（天下不会再有那样的回报，）
你的脸呈现在星光下，奇异的感觉，清凉的夜风轻轻吹过，
我长久站在那里守卫，周围是模模糊糊的广阔战场，
守卫在芬芳寂静的夜里，奇异而亲切，
我长久注视着，没有一滴泪水落下，甚至没有一声长叹，
然后我在你身边斜躺在地上，手托着腮，
和你，最亲爱的同伴度过亲切的时辰，不朽而神秘的时辰——
　没有一滴泪水，没有一句话，
寂静的守卫，爱和死，为你守卫，我的孩子我的战士，
高空的星星寂静前行，东方的新星悄悄上升，

最后为你守卫，勇敢的孩子，（我没能救你，你死得仓促，
你活着时我诚心疼过你，照顾你，我想我们肯定还会相见，）
我逗留到夜晚将尽，曙光出现，
我把我的同伴裹在他的毯子里，包严他的遗体，
把毯子合拢，从头到脚小心扎紧，
就在那里那时，沐浴着升起的太阳，我把我的孩子放进他的坟墓，简单挖掘的坟墓，
结束了我奇异的守卫，在夜里在模糊的战场上的守卫，
守卫那曾用亲吻回报我的孩子，（天下不会再有那样的回报，）
守卫一个被突然杀死的同伴，我永不会忘记的守卫，
天亮时，我从寒冷的地上站起，把我的战士包进毯子，
埋在他倒下的地方。

当我劳累地走在弗吉尼亚的树林里

当我劳累地走在弗吉尼亚的树林里，
脚踢起树叶沙沙响，像是音乐，(那时正是秋天，)
我留意到一棵树下有个士兵的坟；
他受了致命的伤，撤退时给埋了，(这我太好懂了，)
午休时，就要开拔了！没时间耽搁——却还是留下了这行字，
草草写在一块牌子上，钉在坟边的树上，
勇敢，谨慎，真诚，我亲爱的战友。

我看了很久很久，然后接着走我的路，
经历了多少变幻的季节，多少人生的场景，
在那变幻的季节和场景中，有时是我一个人，有时是在闹市
　街头，
猛然间那弗吉尼亚树林里无名士兵的坟和潦草的字出现在我
　眼前，
勇敢，谨慎，真诚，我亲爱的战友。

裹伤者[1]

1

一个驼背的老头，我来了，来到新面孔中间，
回首往日岁月，回答孩子们，
少男少女们喜欢我，他们说，老人家，来给我们讲讲吧，
（我曾被激怒过，想敲起警钟，推动无情的战争，
可很快我的手指就不听使唤，低下头来，听从自己，
坐在伤兵旁边，安抚他们，或者就悄悄守着死去的人；）
多少年过去了，这些景象，这些暴烈的激情，这些遭遇，
还有举世无双的英雄（只有一方勇敢吗？另一方同样勇敢；）
现在再次作证吧，描绘世界上最强大的军队，
关于那些迅猛、奇迹般的军队，告诉我们你看到了什么？
你记得最牢最深的是什么？古怪吓人的事情，
凶狠的战斗，浩大的围攻，你记得最深的是什么？

---

① 内战期间，惠特曼作为裹伤员和探视员先后在纽约和华盛顿的战地医院义务工作。

2

啊，喜欢我的少男少女们，我也喜欢你们，
你们询问我的那些日子，那些最离奇的突发的事情，我想起来了，
我作为值勤的士兵走了好长一段路，满身是汗和土，赶到了阵地，
我来得正是时候，马上投入战斗，呐喊，冲锋，夺取胜利，
进入了攻克的工事——可是瞧！敌人像一条急流的河全跑掉了，
他们走了，跑掉了——我不提当兵的危险和快乐，
（两样我都记得清楚——苦多乐少，可我还是满足。）

当世界在照旧追逐利润、浮华、欢笑，
一切这样快就被遗忘，像浪头冲刷掉沙滩上的痕迹，
但是在寂静中，在梦中，
我却膝盖僵直地回来了，我进门了（你就在那里，
不管你是谁，壮起胆，悄悄跟着我）。

拿着绷带、水和药棉，
我径直飞快地走向我的伤兵，
他们躺在地上，是战斗过后送来的，
他们宝贵的血染红了草地，

我走向医院里一排排帐篷或病房，
我来来回回地走，两旁都是长列的简陋病床，
我走近每一个伤兵，一个接一个，一个也不漏掉，
护理员跟着我，拿着托盘，提着污物桶，
桶里很快装满了沾血的布条，倒了以后又装满了。

我走走停停，
膝盖僵直，两手沉稳，包扎伤口，
坚定地对待每一个人，疼痛剧烈，但不可避免，
一个伤兵用哀求的眼神看着我——可怜的孩子！我从不认识你，
可我想假如我能救你的命，我乐意马上为你去死。

3

接着往前走，（打开时间的门！打开医院的门！）
我包扎裂开的头（可怜的疯狂的手，不要把绷带扯掉，）
我检查骑兵的脖子，被子弹射穿了，
呼吸艰难急促，眼神已经呆滞，生命还在艰难挣扎，
（来呀，甜蜜的死亡！听话，美丽的死亡！
发发慈悲，快点来呀。）

那条胳膊上手给截掉了，
我解开凝血的绷带，除掉烂肉，洗去脓血，

士兵弓着身子，背靠枕头，弯着脖子，脑袋耷拉在一边，
他闭着眼，脸色苍白，他不敢瞧那血肉模糊的断臂，
还不曾瞧过一眼。

我包扎肋部的伤口，很深，很深，
只有一两天，那身子骨就塌下了，不行了，
脸黄里透青。

我包扎打穿了的肩膀、子弹射伤的脚，
清洗一个人的生了坏疽的伤口，发出恶臭，这么恶心、难闻，
护理员站在我旁边，拿着托盘和桶。

我坚守岗位，不知疲倦，
断了的大腿，膝盖，肚子上的、各处的伤口，
我的手平静地为它们包扎（可在我胸膛深处却有一团火，一团燃烧的火）。

4

就这样在寂静中，在梦中，
我重返过去，行走在那些医院里，
我用抚慰的手安抚那些受伤的人，
我整夜坐在那些不得安宁的伤兵旁边，有的人那样年轻，

有的人饱受折磨，我回想起那些亲切而又悲哀的经历，
(好多士兵的胳膊搂着、搭在这脖子上，充满了爱，
好多士兵吻过这胡子拉碴的嘴唇。)

灰暗黎明中的军营一景

灰暗黎明中的军营，
我睡不着觉，早早走出帐篷，
在凉风里慢慢散步，小路附近是医院的帐篷，
我看见三个人躺在担架上，放在露天里没人管，
每一个上面都盖着毯子，宽大的棕色羊毛毯子，
暗淡厚重的毯子折了边，把他们捂严。

我好奇地停下来，静静站着，
然后用手指轻轻地把最近一个脸上的毯子稍微掀起来，
你是谁？上了年纪的人，瘦得这么可怕，头发全白了，眼窝塌陷了，
你是谁？我亲爱的伙伴。

然后我走到第二个——你是谁？我的孩子和亲人，
你是谁？多好的小子，脸蛋还像开了一朵花。

接着到第三个——一张既不是孩子又不是老人的脸，非常平静，

美得像浅黄的象牙，
年轻人，我想我认识你——我想这张脸就是基督的脸，
死而神圣，是所有人的兄弟，他又躺在了这里。

为两个老兵而作的挽歌

最后一线阳光
在安息日结束时轻轻落下，
落在这里的马路上，而在那边，
它俯瞰着一座新挖的双穴坟墓。

看，月亮升起来了，
从东方升起来，银色的圆圆的月亮，
美丽地照在屋顶上，幽灵似的月亮，
巨大沉默的月亮。

我看见一支悲哀的队伍，
我听见号角的厉声长鸣，
他们涌进了城市的大街小巷，
人声鼎沸，泪水如雨。

我听见大鼓重重捶击，
小鼓连连敲响，

每一下震天撼地的鼓声，
捶得我痛彻肺腑。

儿子和父亲一起抬来了，
（他们在猛烈进攻的最前列倒下了，
两个老兵，儿子和父亲，一起倒下了，
等候他们的是那双穴坟墓。）

此刻号角声更近了，
鼓敲得更猛了，
白昼的光在马路上完全消失了，
雄壮的送葬进行曲包裹了我。

悲哀的巨大的幽灵，
在东方天空升起，光辉地移行，
（像一位母亲宽广坦然的面庞，
在空中越来越明亮。）

啊，雄壮的送葬进行曲，你让我欣慰！
啊，巨大的月亮，你银色的脸抚慰着我！
啊，我的两个士兵！啊，我的老兵，送去埋葬！
我也要把我所有的献给你们。

月亮献给你们光明，

鼓号献给你们音乐，

而我的心，啊，我的士兵，我的老兵，

我的心献给你们爱。

炮兵的幻象

妻子躺在我身边睡着，战争结束很久了，
我的头枕在枕头上，午夜在空荡荡地过去，
在寂静中，在黑暗中，在家里，我听到，仅仅听到我小孩的呼吸，
就在这房间里，当我睡醒，幻象逼近眼前；
战斗就在彼时彼处，在幻觉的不真实中打起来了，
开始是侦察兵，他们小心向前爬行，我听见乱枪响了！响了！
我听见各种枪子和炮弹，来复枪发出短促的嗒—嗒！嗒—嗒！
我看见炮弹炸开时冒出一小团白烟，我听见重型炮弹飞过时的尖啸，
流霰弹发出风扫林子的呼呼声，（眼下战斗白热化了，）
战场的万般景象在我眼前重现，
爆炸声声，硝烟滚滚，男人们全副武装，豪情万丈，
主炮手测距，瞄准目标，选择最佳时机发射，
我看见他点火之后靠在一边，急切注视效果；
我听见别处一个团在冲锋呐喊，（年轻的上校挥舞军刀，身先士卒，）

我看见被敌炮轰开的缺口，（迅速填补，毫不拖延，）
我吸着呛死人的硝烟，后来这烟雾展平低垂，笼罩一切；
现在沉寂持续了几秒，叫人纳闷，双方都不发一枪，
然后乱声重起，甚于之前，夹着军官们焦急的喊叫和命令，
从阵地远处，风把一阵欢呼灌进我耳朵，（准是打赢了，）
老是听见或远或近的炮声，（连梦里也在我灵魂深处激起着魔似的狂喜和全部往日疯狂的欢乐，）
老是看见步兵在忙着变换位置，炮兵骑兵忽东忽西，
（倒下的，死掉的，我没注意，受伤的，流血的，我没注意，有人一瘸一拐往回走，）
尘土，热浪，冲锋，副官们骑马蹿过或全速奔驰，
轻武器的嗒嗒声，来复枪报警的嗖嗖声，（在幻象里我都听见看见了，）
炮弹在空中爆炸，夜里火箭五颜六色。

老兵那种人

老兵那种人——是胜利的人！

是跟泥土打交道的人，随时准备打仗——进发，征服敌人！

(他们不再轻信，他们坚忍不拔，)

所以他们无法无天，只信自己的法则，

是满腔热血、搅起狂飙的那种人。

啊，船长！我的船长！①

啊，船长！我的船长！我们可怕的航程已经终了，
航船闯过了每一道难关，我们追求的目标已经达到，
港口就在前面，钟声响在耳边，我听见人们狂热的呼喊，
千万双眼望着坚定的船，它威严勇敢；
但是，心啊！心啊！心啊！
鲜红的血在流淌，
就在这甲板上，躺着我的船长，
他倒下了，身体冰凉。

啊，船长！我的船长！起来听这钟声；
起来——旗帜为你飘扬——号角为你长鸣，
花束和花环为你备下——人群挤满海岸，
晃动的民众向你呼唤，向你转过热切的脸；

① 此诗与《当紫丁香在庭院开放时》均为悼念美国第16任总统亚伯拉罕·林肯（Abraham Lincoln，1809—1865）而作。林肯于1865年4月14日在华盛顿的福特剧院被在内战中失败的南方敌人暗杀。

在这里，船长！亲爱的父亲！①
　你的头枕着我的臂膀！
　　就在这甲板上，如同梦一场，
　　　你倒下了，身体冰凉。

我的船长没有回应，他的嘴唇苍白僵硬，
我的父亲感觉不到我的臂膀，他没有了脉搏和生命，
船安全地靠岸抛锚，它的航程已经终了，
胜利的航船从可怕的旅途归来，它的目标已经达到；
欢呼啊，海岸，巨钟啊，敲响！
但是我满怀悲怆，
走在甲板上，这里躺着我的船长，
他倒下了，身体冰凉。

① 美国南北战争期间，北方军队的一首流行歌曲里将林肯总统称为“亲爱的父亲”。

[附原文]

O Captain! My Captain!

O CAPTAIN! my Captain! our fearful trip is done,
The ship has weather'd every rack, the prize we sought is won,
The port is near, the bells I hear, the people all exulting,
While follow eyes the steady keel, the vessel grim and daring;
But O heart! heart! heart!
O the bleeding drops of red,
Where on the deck my Captain lies,
Fallen cold and dead.

O Captain! my Captain! rise up and hear the bells;
Rise up—for you the flag is flung—for you the bugle trills,
For you bouquets and ribbon'd wreaths—for you the shores a-crowding,
For you they call, the swaying mass, their eager faces turning;
Here Captain! dear father!
This arm beneath your head!
It is some dream that on the deck,
You've fallen cold and dead.

My Captain does not answer, his lips are pale and still,
My father does not feel my arm, he has no pulse nor will,
The ship is anchor'd safe and sound, its voyage closed and done,

From fearful trip the victor ship comes in with object won;
  Exult O shores, and ring O bells!
    But I with mournful tread,
        Walk the deck my Captain lies,
          Fallen cold and dead.

当紫丁香最近在庭院开放时（节选）

当紫丁香最近在庭院开放时，
当夜晚巨大的星辰在西天早早坠落，
我哀悼，我将在年年岁岁的春天哀悼。
年年岁岁的春天，你一定会带给我三件东西，
年年开放的紫丁香和在西天坠落的星辰，
以及我对我所爱戴的人的怀念。

在古老农舍的前庭院中，在靠近白色栅栏的地方，
有一丛高大的紫丁香，长满心形翠绿的叶子，
开满美丽的花朵，散发我喜爱的强烈芬芳，
我从树上折下一枝，开满了鲜花。

在春天的怀抱里，在大地上，在城市中，
在小路上，穿过古老的森林，
在那里紫罗兰刚刚钻出土地，点缀了灰色的废墟，
小路两旁田野中长满了草，经过这无边的荒草，
经过深褐色的田地，每一粒麦子破壳抽出黄色的芽，

经过果园，苹果树开满了雪白粉红的花，
一具灵柩被运载着日夜兼行，
要把遗体运到它将休憩的墓中。

灵柩穿过大街小巷，
穿过白天黑夜，巨大的阴霾笼罩着大地，
到处是卷起的旗帜，城市蒙上了黑纱，
长长的蜿蜒行进的人们，举着无数支点燃的火把，
无数脸孔和头颅如同沉默的大海，
正在等待的殡仪馆，抵达的灵柩，肃穆的面容，
穿过黑夜的挽歌，无数人的歌声坚强而庄严，
哀悼的歌声在灵柩周围倾泻，
烛光黯淡的教堂和颤抖的管风琴——你在此间行进，
丧钟反复敲响，
灵柩在这里缓缓行进，
我给你献上一枝紫丁香。

啊，我该怎样为我爱戴的死者歌唱？
为了那逝去的博大亲切的灵魂，我该怎样修饰我的歌？
为了我爱戴者的坟墓，我该献上哪种芬芳？

从东方和西方吹来的海风，
从东海和西海吹来的风，在大草原汇合，

我就以这风和我歌唱的气息，
使我爱戴者的墓地充满芳香。

啊，我该在灵堂的墙上悬挂什么？
我该在墙上悬挂什么图画，
来装饰我爱戴者的灵堂？

画里要有万物生长的春天，农场和房舍，
有四月的黄昏，有清澄明亮的灰色烟霞，
有缓缓落日灿烂地燃烧，喷射潮涌般的金光，使天空壮丽辉煌，
有流光溢彩的河，风吹起阵阵波浪，
河岸上有起伏的山峦，
有房屋密集、烟囱林立的城市，
还有一切人间的景象、工厂和正在回家的工人。

当我眼里被蒙蔽的视野打开，
便展现出浩长的景象。
我侧目看见许多军队，
我好像在无声的梦中看见千百面战旗，
我看见它们被举着穿过硝烟，被流弹射穿，
它们在硝烟中来往飘扬，被撕扯，被血染，
最后旗杆上只剩下几条破布，
旗杆也裂开、折断。

我看见战场上尸横遍野，
我看见小伙子们森白的骨头，
我看见阵亡战士们的残肢断臂，
他们彻底安息了，他们没有痛苦，
是还活着的人痛苦，是母亲痛苦，
是妻子、孩子痛苦，
是残余的军队痛苦。

经历了那些场景，经历了黑夜，
我心灵节拍的歌，
胜利的歌，让死亡逃离的歌，永远丰富、变化的歌，
它低沉悲怆，曲调清晰，抑扬起伏，在黑夜里激荡，
覆盖大地，充溢天空，
为了我的时代和国家最美好、最睿智的灵魂——
我留给你长满心形叶子的紫丁香，
我把它给你留在庭院里，年年春天紫丁香开放。

从滚滚的人海中

1

从滚滚的人海中，一滴水温存地向我走来，
悄悄说，我爱你，不久我就要死去，
我走了很长的路，仅仅为了看到你，触到你，
只有看到了你，我才能死去，
我怕我以后会失去你。

2

现在我们相会了，我们看见了，我们很平安，
放心地返回大海吧，我爱的人，
我也是海的一部分，我爱的人，我们分隔得并不遥远，
看那伟大的宇宙，万物结合在一起，多么完美！
但是对我，对你，不可抗拒的大海隔开了我们，
能隔开我们一个小时，却不能永久隔开我们，

别急——只消一会儿——你知道每天日落时，

我都向天空、大海和陆地致意，全是为了你，我爱的人。

开拓者！啊，开拓者！（节选）

来吧，我的脸膛晒黑的孩子们，
排好队，备好武器，
手枪带上了吗？锋利的斧子带上了吗？
开拓者！啊，开拓者！

啊，年轻人，西部的年轻人，
这样性急，充满活力，充满男儿的骄傲和友善，
我清楚看见了你们，西部的年轻人，看见你们大踏步走在最前面，
开拓者！啊，开拓者！

我们把过去统统甩到身后，
我们进入一个更新、更强、变化万千的世界，
我们抓住这个鲜活雄伟的世界，劳动和进步的世界，
开拓者！啊，开拓者！

我们的分队源源不断地出发，

走下悬崖，穿过小路，攀上高峰，
我们走向未知的大道，征服，占领，拼命，冒险，
开拓者！啊，开拓者！

我们砍伐原始森林，
沿大河逆流而上，心潮激荡地钻探矿藏，
我们测量广阔的原野，开垦处女地，
开拓者！啊，开拓者！

我们是科罗拉多人，
来自崇山峻岭，来自峡谷高原，
来自矿山，来自野兽和猎人出没的地方，
开拓者！啊，开拓者！

我们来自内布拉斯加，来自阿肯色，
我们来自密苏里，是内陆中部的人，流着大陆的血，
所有南方人、北方人，所有的伙伴们手挽手，
开拓者！啊，开拓者！

啊，势不可当、马不停蹄的民族！
啊，受人爱戴的民族！我的胸膛因怀着对你们温柔的爱而痛楚！
啊，我悲伤又欣喜，我发狂地爱着天地万物，
开拓者！啊，开拓者！

前进，前进，坚实的队伍，
候补的人员在等候，死者的位置被迅速填补，
经历战斗，经历失败，仍然前进永不停顿，
开拓者！啊，开拓者！

啊，在前进中死去！
我们中有人倒下死去吗？时候到了吗？
在前进中死去正得其所，空缺很快就会补上！
开拓者！啊，开拓者！

生命是复杂变幻的盛会，
所有的形式和表现，所有干活的工人，
所有海上的人和陆地上的人，
开拓者！啊，开拓者！

看！那飞驰滚动的星球！
看，周围兄弟般的星球，所有成群的恒星和行星，
所有耀眼的白天，所有神秘多梦的夜晚，
开拓者！啊，开拓者！

这些是我们的，它们和我们在一起，
一切是为了最初的必要的工作，后来人还在娘肚子里等待，

我们率领着今天的队伍，我们清理着前进的道路，
开拓者！啊，开拓者！

不是为了甜蜜的娱乐，
不是为了靠垫和拖鞋，不是为了安宁和学究式的生活，
不是为了安全乏味的财富，不是为了顺从的享受，
开拓者！啊，开拓者！

那些吃客还在筵席上狼吞虎咽吗？
那些肥胖的瞌睡虫还在睡觉吗？
我们吃的依然是粗茶淡饭，毯子铺在地上，
开拓者！啊，开拓者！

夜晚降临了吗？
近来路上还那么辛苦吗？我们丧气地停下来在路上打盹吗？
我让你们在路上休息个把钟头，忘掉疲劳，
开拓者！啊，开拓者！

直到喇叭吹响，
黎明在远方召唤——听！我听它吹得清晰嘹亮，
快！走到队伍前面！——快！冲到你们的位置上，
开拓者！啊，开拓者！

泪　水

泪水！泪水！泪水！
黑夜里孤独中的泪水，
在白色海岸滴下，滴下，被沙滩吮吸，
泪水，没有一颗星星闪耀，到处是黑暗、荒凉，
伤心的泪水从蒙面者的眼里滴下，
啊，那鬼魂是谁？那在黑暗中流泪的影子是谁？
那在沙滩上弓身蜷伏的模糊的一团，是什么？
涌流的泪水，呜咽的泪水，剧痛，放声哭泣，哽咽，
啊，暴风雨，聚集，升腾，沿海岸快步飞奔，
啊，狂野凄厉的黑夜的暴雨，挟着风——啊，猛烈，不顾一切！
啊，幽灵，白天里那么冷静优雅，面容安详，步伐沉稳，
而在无人看见的夜里，你飞腾——啊，于是只有恣肆的海洋，
是泪水！泪水！泪水！

暴风雨的豪迈乐曲（节选）

1

暴风雨的豪迈乐曲，
风放肆奔腾，呼啸着越过大草原，
森林轰响——这是大山的管号齐鸣，
人一般的昏暗影子——你们这些隐藏的管弦乐队，
你们这些灵敏的乐器，奏出幽灵的小夜曲，
和大自然的节奏、一切民族的语言混响在一起；
你们这些大批作曲家留下的和声——你们这些合唱队，
你们这些无拘无束的、自由的、宗教的舞蹈——你们来自东方，
你们这些河流的低语、瀑布的咆哮，
你们这些远方的枪声，铁骑奔驰，
军营回响，不同的号角发出召唤，
乱哄哄地蜂拥而来，充斥了午夜，搅得我筋疲力尽，
进入我孤寂的卧室，你们为什么偏偏抓住了我？

2

过来呀，我的灵魂，让别的都去休息，
听着，不要错过，它们是朝你来的，
分开了午夜，进入我的卧室，
啊，灵魂，它们是为你唱歌跳舞。

一支节庆的歌，
新郎新娘的二重唱，一支婚礼进行曲，
用爱的嘴唇，用爱人们洋溢着爱情的心，
涨红的脸蛋儿，鲜花的香味，跟随的人群里满是老老少少亲切的脸，
和着长笛的清新曲调，竖琴的流畅声音。

现在高亢的鼓声近了，
维多利亚①！你看见了吗？撕碎的军旗仍在硝烟里飘扬，被打败的军队在溃逃，
你听见了吗？征服者的队伍在呐喊。

（啊，灵魂，那些女人的啜泣，伤兵在痛苦中呻吟，

---

① 维多利亚，指古罗马神话中的胜利女神。此段和下一段描写 1861—1865 年间发生的美国内战。

火焰噼啪响，焦黑的废墟，城市的灰烬，
人类的挽歌和凄凉。)

现在古代和中世纪的歌曲灌满我的耳朵，
我看见、听见老竖琴师们在威尔士的节日里弹奏，
我听见爱情诗人唱着情歌，
我听见封建时代日耳曼的、意大利的、法兰西的游吟诗人们。

现在伟大的管风琴奏响了，
震颤了，在底下，(像大地隐蔽的支点，
依靠它，产生着、休憩着、迸发出
一切美、优雅和有力的东西，一切我们知道的色彩，
绿色的草叶、啼叫的鸟儿、戏耍的孩子、天上的云彩，)
强大低音的脉搏从不中断，
沐浴着、支撑着、融汇着所有其他声音，它是一切声音的母音，
它发自每一种乐器、众多的乐器，
全世界的演奏者们、音乐家们在演奏，
庄严的赞美诗和弥撒曲，激起人们的崇拜之情，
所有热情的心声，悲伤的恳求，
世世代代数不清的美妙的歌手，
还有溶融他们的地球自身的和音，
来自风、森林、强大的海涛，
一支新组成的管弦乐队，年代和地域的组合，十倍的革新者，

自诗人们讲过的遥远过去，自天堂，
从那里开始的迷途、长久的分离，而现在流浪结束了，
旅程结束了，浪子回家了，
人类和艺术与大自然再度融合。

全世界的丈夫又唱又跳雄壮的希腊歌舞，
所有的妻子同声应和。

小提琴的嗓子，
（我想，你诉说了这颗心所不能诉说的，
这颗沉思、渴望的心，不能诉说自己。）

3

啊，灵魂，当我还是个孩子，
你就知道所有声音怎样变成了音乐，
我母亲的声音，她唱摇篮曲、赞美诗，
（那声音，啊，温柔的声音，记忆里爱的声音，
最后的奇迹，啊，最亲爱的母亲和姐姐的声音；）
雨，生长的玉米，在玉米的长叶子中穿行的微风，
海浪有节奏地拍打沙滩，
鸟儿啁啾，鹰尖叫，
夜里野鸭子的叫声，它们低低飞行，向南方或北方迁徙，

在乡村教堂或树丛里，在露天的野营布道会上唱的圣诗，
酒馆的提琴手，水手的歌兴高采烈，声音拖得老长，
哞哞叫的牛，咩咩叫的羊，黎明时高叫的雄鸡。

当今各国的歌曲都在我周围唱起来了，
日耳曼的歌曲，歌颂友谊、美酒和爱情，
爱尔兰的民谣，快乐的吉格舞，英国的颂歌，
法兰西的小调，苏格兰的山歌，而在一切之上，
是意大利的无可匹敌的歌剧。

4

我听见那些颂歌、交响曲、歌剧，
我听见《威廉·退尔》① 中觉醒愤怒的人民的歌声，
我听见梅耶贝尔②的《新教徒》《先知》《恶魔罗勃》，
古诺③的《浮士德》、莫扎特的《唐璜》。

我听见所有民族的舞蹈音乐，
华尔兹，美妙的节奏使我沉浸于幸福，
波莱罗④，听那清脆的吉他和咔嗒的响板。

---

① 《威廉·退尔》，罗西尼的歌剧。
② 梅耶贝尔，德国作曲家。
③ 古诺，德国作曲家。
④ 波莱罗，一种西班牙舞。

我看见古老和新颖的宗教舞蹈，
我听见希伯来七弦琴的演奏，
我看见十字军在远征，高举十字架，铙钹铿锵，
我听见托钵僧单调的吟唱，不时发出疯狂的喊叫，他们转圈，
　总是朝向麦加，
我看见波斯人和阿拉伯人入迷的宗教舞蹈，
我又看见了现代希腊人在跳舞，
我听见他们一边拍手一边弯腰，
我听见他们的脚踩着节拍移动。

我又看见柯里班人的野蛮的古老舞蹈，跳舞的人互相伤害，
我看见罗马青年，随着刺耳的笛声互相抛接武器，
跪下又站起。

我听见从穆斯林的清真寺传来宣礼人的召唤，
我看见里面膜拜的人，没有仪式，没有布道，不说话，
只是沉默、奇特、虔诚，仰起狂喜闪光的脸。

我听见埃及的竖琴，有很多的弦，
尼罗河船夫唱的原始的歌，
中国的神圣帝王的颂歌，
我听见磬发出的精美的声音，（那是敲击的木头和石头，）

听见印度的笛子和拨得人心烦的七弦琴，
还有一队印度舞姬。

5

现在亚洲、非洲离我而去，欧洲抓住了我，使我心神激荡，
我听着巨大的管风琴和乐队，好像声音的宏大汇合，
路德①的雄浑赞歌《上帝坚如城堡》，
罗西尼②的《悲痛的圣母悼歌》，
声音飘浮在高高幽暗的大教堂，那里有灿烂的彩色窗户，
充满激情的《上帝的羔羊》或《荣耀属于上帝》。

作曲家们！杰出的大师们！
还有你们，旧大陆的出色歌手们，女高音、男高音、男低音！
一个新诗人在西方向你们自由歌唱，
恭敬地送上他的爱。

（啊，灵魂，这些都指向你，
所有的感觉、行为、目标都指向你，
而现在我觉得声音超越了一切，指向你。）

---

① 指马丁·路德，德国宗教改革的创始人。
② 罗西尼，意大利作曲家。

我听见孩子们在圣保罗大教堂①进行一年一度的歌唱，
在某个大厅的高耸的屋顶下演出贝多芬、亨德尔或海顿的交响曲和清唱剧，
《创世纪》②，那神性的波涛涤荡了我。

让我拥抱所有的声音吧，（我疯狂地挣扎、呼喊，）
用宇宙的全部声音注满我吧，
赋予我它们的脉搏，大自然的脉搏，
暴风雨，江湖海，歌剧和颂歌，进行曲和舞蹈，
放声歌唱吧，倾泻吧，我将接受一切。

---

① 圣保罗大教堂，伦敦的最大的教堂。
② 《创世纪》，奥地利作曲家海顿的清唱剧。

为紫丁香开放的时节歌唱

现在为我歌唱，为了紫丁香开放时节的欢乐，(回到了记忆中，)
啊，舌头和嘴唇，请为我为大自然挑选初夏的纪念品，
收集可心的符号，(就像小孩收集石头子或成串的贝壳，)
在四月和五月，有池塘青蛙呱呱叫，有轻快的风，
蜜蜂，蝴蝶，麻雀简单的叫声，
蓝鸟，疾飞的燕子，也别忘了闪动金翅膀的啄木鸟，
宁静的灿烂云霞，蒙蒙的清烟水雾，
波光粼粼，鱼游水中，天空一片蔚蓝，
万物欢快，焕发容光，小溪奔流，
在清新的二月，枫树林子制造糖浆①，
知更鸟在那里跳跃，明亮的眼睛，棕色的胸脯，
日出、日落时听得见它清脆的歌声，
或者在苹果园里飞来飞去，给伴侣筑窝，
三月的雪化了，柳树抽出黄绿的芽，
春天到了！夏天到了！它带来了什么？滋生了什么？

---

① 在加拿大东南部和美国东北部地区，逢冬春交替时节，人们在枫树树干上凿洞取汁，浓缩加工后即成枫糖浆。

你，解放了的灵魂——我不明白你还急切地追求什么？
来吧！我们别在这里久留，让我们起身离开！
啊，假如人能像鸟儿一样飞翔！
啊，逃走，乘船出航！
和你一同溜走，啊，灵魂，像一条船，航遍大海！
收集这些暗示，这些预兆，这蓝天、青草、早晨的露珠，
这紫丁香的芬芳、枝条、心形翠绿的叶子，
森林中的紫罗兰，它小巧浅色的花天真无邪，
收集挑选不仅为了它们本身，也是为了它们的气质，
为了给我爱的枝条增光添彩——为了和鸟儿一同歌唱，
一枝紫丁香开放时节的欢乐之歌，回到了记忆中。

轮子上火花四溅

在那儿，城里人整天川流不息，
我停下来加入一帮看热闹的孩子，跟他们待在一边。

在石板铺的马路牙子上，
磨刀师傅正在石轮上磨一把大刀，
他弓着腰，小心拿刀抵着石轮，
脚和膝盖均匀地踩踏，让轮子飞快旋转，
他压刀的手又轻又稳，
于是轮子上火花四溅，
金光闪闪。

这情景及周遭的一切深深吸引、感动了我，
这个愁苦、尖下巴的老头，破衣烂衫，系着宽宽的皮肩带，
我，一个古怪飘浮的幽灵，情绪奔放飘忽，此刻给吸牢在这里，
这一群人，（偌大世界里一个不起眼的小点，）
这帮聚精会神的安静孩子，马路上闹闹嚷嚷、得意放肆的人流，
这转轮低沉粗哑的颤音，这轻轻压住的刀片，

这轮子上的火花迸溅、落下、四射，
像一阵阵小小的金雨。

在海上有舱房的船里

在海上有舱房的船里，
四周扩展着无边无际的蓝色，
风在呼啸，波涛的音乐，巨大蛮横的波涛，
孤零零的小船，漂浮在阴沉的海上，
快乐、满怀信心地张开白帆，
她划破天空，在白天的闪光和泡沫中，在夜晚的繁星下航行，
偶尔会有老少水手读起我写的陆地回忆，
最终和我心神相通。

他们可能会说，这里有我们的想法，航海人的想法，
这里出现的不光是陆地，坚实的陆地，
这里有拱起的天空，我们感觉到脚下颠簸的甲板，
我们感觉到长久的脉搏，无穷尽的潮涨潮落；
从看不见的奥秘中传来的音调，流动的歌谣，海水世界含糊宏
　大的暗示，
咸香的气味，缆绳轻微地嘎嘎作响，忧郁的节奏，
无边无际的景象，遥远朦胧的地平线，都在这里，

这是大海的诗篇。

哦，我的书，不要犹豫，去完成你的使命，
你不只是一册陆地的回忆，
你也是一条孤零零的小船，划破天空，不知驶向何处，却满怀信心，
你航行吧，伴随每一条航行的船！
把书里珍藏的我的爱带给他们，（亲爱的水手，为了你们，我把爱藏在这里，在每一页里；）
加速前进，我的书！张开白帆，我的小船，越过蛮横的波涛，
歌唱吧，航行吧，从我这里驶向无边无际的蓝色，驶向每一片大海，
把这支歌带给所有的水手和船。

当我看着犁田的人犁田

当我看着犁田的人犁田，
看着播种的人在地里播种，或者收割的人在收割，
啊，生命和死亡，在那里我也看见了你：
（生命，生命就是耕耘，死亡等于收割。）

向印度航行

1

歌唱我的时代，
歌唱今天的伟大成就，
歌唱工程师们坚固、轻灵的杰作，
我们现代的奇迹，（已经超过了古代笨重的七大奇迹，）
在旧世界有东方的苏伊士运河，
在新世界雄伟的铁路贯通了，
在海里铺设了能通话的秀气的电缆，
但是，首先和你——灵魂一同发出呼喊、永远呼喊的，
是历史！历史！历史！

历史——黑暗、深不可测的回眸！
丰富的深渊——睡眠的人们和阴影！
历史——历史的无限伟大！
今天的一切，难道不是历史的发扬滋长？

(像一颗子弹，造成了，发射了，走过一段射程，仍在前进，
所以今天，完全是由历史形成、推进的。)

2

灵魂啊，向印度航行！
去阐明亚洲的神话，远古的寓言。

不仅有你们，世界上骄傲的真理，
不仅有你们，现代科学的事实，
还有古老的神话和寓言，亚洲和非洲的寓言，
投向远方的精神光芒，无拘无束的梦幻，
潜入心灵的经文和传说，
诗人们大胆地构思，更加古老的宗教，
啊，你们这些庙宇，比百合花还美，沐浴着升起的太阳！
啊，你们这些寓言，弃绝俗事，躲避俗事的控制，向天国飞升！
你们这些高耸耀眼的尖顶的塔，金光闪闪，赤如玫瑰，
从凡人梦幻里塑造出来的不朽的寓言之塔，
我也欢迎你们，完全和欢迎别的一样！
我也怀着欢乐歌唱你们。

向印度航行！
瞧，灵魂，你没有从一开始就看出上帝的意图？

地球要被网络横贯连接，
人民要成为兄弟姐妹，
种族、邻居要通婚，在婚姻中被赐予后代，
海洋要被跨过，远邦变为近邻，
国家要融合在一起。

我歌唱一种崭新的崇拜，
船长们、航海者们、探索者们，以及你们的一切，
工程师们、建筑师们、机械师们，以及你们的一切，
你们不仅是为了贸易或运输，
而是以上帝的名义，为了你，啊，灵魂。

3

向印度航行！
瞧，灵魂，你面前展开两个生动的场景，
在其一，我看见苏伊士运河凿开了，
我看见一列汽船，领头的是欧也妮皇后的船①，
我从甲板上看见陌生的风景、纯净的天空、远处平坦的沙漠，
我迅速穿过五颜六色的人群，

---

① 苏伊士运河长190公里，于1858年12月动工，1869年11月通航。欧也妮皇后为法国皇帝拿破仑三世的妻子，在苏伊士运河开航仪式上乘坐“雄鹰号”先导通过。

聚集的工人，巨大的挖泥机。

在其二，是另一番景象，（可同样属于你，全属于你，灵魂，）
我看见在我自己的大陆上，太平洋铁路①穿越每一个障碍，
我看见成列的车厢载着货物和旅客，频繁地沿着普拉特河蜿蜒行驶，
我听见火车头飞奔、轰鸣，汽笛尖叫，
我听见天下最壮观的风景发出的回声，
我跨过拉腊米平原，我留意那些奇形怪状的岩石，一个个小山包，
我看见好多飞燕草和野葱，荒凉单调的长着鼠尾草的沙漠，
我一抬眼看远处，或就在我头顶上，耸立着雄伟的大山，我看见温德河和瓦萨山，
我看见石碑山和鹰巢山，我经过普罗蒙特里，攀上内华达，
我扫视巍峨的埃尔克山，绕过山脚，
我看见亨博尔特山脉，我穿过山谷，渡过河流，
我看见清澈的塔霍湖水，我看见庄严的松树林，
或者跨过大沙漠和盐碱土的平原，我看见迷人的海市蜃楼里水草丰茂，
看过了这些，最后有一对相同的的细线，
行进、跨越三四千英里的陆地，

① 太平洋铁路全长3000多公里，为第一条东西向横贯北美大陆的铁路，于1863年1月动工，1869年5月贯通，为美国的经济发展做出了巨大贡献。

把东边的海和西边的海连接起来，
成为欧洲和亚洲之间的大道。

(啊，热那亚人①，你的梦！你的梦！
你躺进坟墓后多少个世纪，
你发现的海岸才证实了你的梦。)

4

向印度航行！
多少船长拼搏，多少水手丧命，
他们悄悄来到我心头，又散去，
像不可企及的天空里大块、小朵的云。

顺着全部历史，顺坡而下，
像一条溪流，时而沉落，时而又腾起，
一个不停顿的思想，一根变化多端的链条——看，灵魂，它们
　向着你，升腾在你的面前，
一次次策划、航行、远征；
瓦斯哥·达·伽马②再度启航了，

---

① 热那亚人，指克里斯托弗·哥伦布（1451—1506），美洲新大陆的发现者。热那亚为意大利北部港口城市，哥伦布的出生地。

② 瓦斯哥·达·伽马（约1469—1525），葡萄牙航海家，曾率探险队发现了绕好望角到达印度的海路。

再度获取知识，航海者的指南针，
一片片陆地被发现，一个个国家诞生，你，美国，诞生了，
为了宏伟的目标，人类经受住了漫长考验，
你，球形的世界，终于完满。

5

啊，巨大的球体，在宇宙中浮游，
身披着可以看见的力和美，
光、白昼和思想丰富的黑夜交替更迭，
日月星辰高高在上，难以言状地运行，
其下，山河纵横，草木繁茂，野兽无数，
隐藏着深不可测的目的，预言似的动机，
现在第一次我的思想开始揣测你。

当亚当和夏娃光华万丈，步下亚洲的花园，
出现在这片土地，他们之后有亿万子孙，
漫游，渴望，好奇，无休止地探索，
询问，困惑，迷茫，兴奋，怀着永不幸福的心，
悲哀地反复发问，为什么灵魂得不到满足？戏弄人的生活为了什么？

啊，谁来抚慰这些狂躁的孩子？

谁来为这无休止的探索提供答案？
谁来说出这冷漠大地的奥秘？
谁把它和我们连在一起？这游离的不合人情的大自然是什么？
这个地球对于我们的情感有什么意义？（毫无爱心的地球，没有迹象要回答我们的问题，
冰冷的地球，到处是坟墓。）

可是灵魂肯定会保留最初的意图，并将它实现，
也许此刻时机已经来临。

在所有的大海被跨过之后，（它们似乎已被跨过，）
在伟大的船长们和工程师们完成了伟业之后，
在杰出的发明家、科学家、化学家、地质学家、人种学家之后，
无愧其名的诗人将会最后来到，
上帝忠诚的儿子将会来到，唱着他的歌。

那时，不仅是你们航海者、科学家和发明家的功绩将会得到证实，
所有这些焦灼的孩子们的心将会得到抚慰，
所有的情感将会充分地得到响应，奥秘将被说出，
所有这些间隔和裂隙将被填平，勾连起来，
整个地球，这个冰冷、无情、沉默的地球将完全得到解释，
神圣的三位一体将被上帝忠实的儿子——诗人光荣地实现，紧

密地结合，
（他当然会跨过海峡，征服高山）
他会心怀宏图绕过好望角，
大自然和人类将不再分散离开，
上帝忠实的儿子将把他们完全融合在一起。

6

我在豁然敞开的年代的大门前歌唱！
这是夙愿实现之年！
陆地、区域和海洋联姻之年！
（现在不只是威尼斯总督迎娶亚德里亚①，）
啊，在你这一年里，我看见浩瀚的水陆星球获得一切，给出一切，
欧洲同亚洲，还有非洲结合，它们又同新世界结合，
一片片大地，山河平原，握着节日的花环，在你面前舞蹈，
就像新郎新娘们手牵手。

向印度航行！
来自遥远高加索的凉爽的风，安抚着人类的摇篮，
幼发拉底河奔腾，历史再度大放光明。

---

① 按威尼斯旧俗，总督每年举行该城与其面临的亚德里亚海的结婚仪式，把一枚戒指投入海里。

瞧，灵魂，那联翩的回想，
地球上那些人口最稠密、最富庶的古老国度，
印度河与恒河及其许多支流，
（我今天走在我的美国海岸，看着、回味着一切，）
亚历山大的故事，他猝死在好战的征途上，
一边是中国，另一边是波斯和阿拉伯，
向南是大海和孟加拉湾，
滔滔不绝的文学，宏伟的史诗，宗教、种姓制度，
历史悠久的玄妙的梵天，温柔年少的佛陀，
中央和南方的帝国及其全部的财产和财主，
帖木儿的战争，奥朗则布的统治①，
商人、统治者、探险家、穆斯林、威尼斯人、拜占庭、阿拉伯人、葡萄牙人，
第一批旅行家，至今还闻名的马可·波罗、摩尔人巴图塔②，
有待解答的疑问，匿名者的地图，有待填补的空白，
人类的脚步没有停止，双手永不休息，
还有你自己啊，容不得挑战的灵魂。

---

① 帖木儿（1336—1405），帖木儿帝国的开国皇帝；奥朗则布（1618—1707），印度莫卧儿帝国时代的第六任皇帝。

② 摩尔人巴图塔，摩尔人指中世纪伊比利亚半岛（今西班牙和葡萄牙）、西西里岛、马耳他和西非等地的穆斯林居民。巴图塔（1304—1369），出生于摩洛哥，曾旅行过北非、西非、东非、东欧、中东、中亚、印度、东南亚和中国，著有《旅行》一书。他和马可·波罗都被列为是历史上最伟大的旅行家。

中世纪的航海家在我面前浮起，
1492 年的世界，被唤醒的万丈雄心①，
人性中某种东西膨胀，像春天里大地的活力，
衰落的骑士精神的壮丽黄昏。

你②是谁，惨淡的影子？
巨人，梦想家，你自己就是一个梦想家，
身强力壮，目光虔诚闪亮，
你的目光所及是一个个黄金世界，
你用灿烂的颜色将它们涂染。

7

啊，灵魂，理所当然地航向最初的思想，
不仅是陆地和海洋，还有你自己的鲜活清澈，
出生和青春的早期成熟，
航向诞生经书③的国土。

啊，灵魂，无拘无束，我和你，你和我，
开始在你的世界周游，

---

① 1492 年，航海家哥伦布率西班牙船队西行，发现了美洲大陆。
② 你，指哥伦布。
③ 经书（bibles），指包括《圣经》在内的宗教典籍。

对于人，这是他精神回归的航行，
回到早期的理性天国，
回去，回到初生的智慧、天真的直觉，
再度美好的创世。

8

啊，我们不能再等待，
啊，灵魂，我们也要驾驶大船，
我们也要在没有航道的海上航行，
在狂喜的波涛上毫无畏惧地航向未知的海岸，
在飘荡的风中（啊，灵魂，你逼着我走向你，我逼着你走向我）
歌唱自由，歌唱我们的上帝，
高唱我们愉快探索的颂歌。

啊，灵魂，你愉悦了我，我愉悦了你，
在海上航行，或在山上，或在夜里醒着，
思索时间、空间和死亡，静静的思索如同流水，
带我到无限无垠的地方，
我呼吸它的空气，倾听它的波涛，任它把我彻底洗涤，
啊，上帝，沐浴我，让我向你攀登，
让我和我的灵魂进入你的领地。

啊，你这出类拔萃者，
无名者，力量和生命，
光中之光，光芒四射的寰宇，你是宇宙的中心，
你是真、善、爱的更加强大的中心，
你是道德、精神的源泉——友爱的源泉——你蓄积待发，
（啊，我沉思的灵魂——未曾满足的渴望——不在那里等待吗？
那在什么地方的完美的伙伴，不也可能在等待我们吗？）
你这脉搏——你这日月星辰的运动，
环行着，有序、安稳、和谐地运动，
横越无形广袤的空间，
如果我不能冲出自己，飞向那些星星、那高高在上的宇宙，
我该怎么想，怎么呼出一口气，怎么吐露我的心声？

想到上帝，想到大自然和它的奇迹，
想到时间、空间和死亡，我即刻自觉渺小，
但是我转而呼唤你，啊，灵魂，你是真实的我，
看，你轻盈地驾驭着星球，
你与时间做伴，对死亡露出满意的微笑，
你膨胀着，充盈着浩瀚的空间。

比星辰或太阳更加伟大，
啊，灵魂，跳起来，你要勇往直前；
还有什么爱，能比你的和我们的更加充沛博大？

啊，灵魂，还有什么抱负、愿望胜过你的和我们的？
还有什么理想之梦？什么纯洁、完美、力的宏图？
还有什么意愿欣然去为了众人献出一切？
为众人忍受一切痛苦？

啊，灵魂，朝前想想吧，当时候到了，
所有的海都跨过了，所有的海角都经历了，航程结束了，
被包围着，应付着，面对上帝，顺从着，目标达到了，
找到了大哥，满腔的友情和爱，
小弟融化在欢喜中，在他的怀抱中。

9

向远于印度的地方航行！
你的翅膀丰满得足以飞行这么远吗？
啊，灵魂，你真的要做这样的航行吗？
你要在这样的水域上嬉戏吗？
探测梵文和《吠陀经》[①] 的底蕴吗？
那么就任随你的喜好吧。

向你们航行，向你们的海岸，你们古老而撩人的谜！

---

① 《吠陀经》为印度的婆罗门教和印度教的篇幅浩大的圣典，其初始部分出现于公元前1000年，以古印度文即梵文写成。

向你们航行，向你们的王国，你们叫人窒息的难题！
你们那里布满遇难船的残骸，他们活着时从没到达你们那里。

向远于印度的地方航行！
啊，大地和天空的秘密！
啊，你们滔滔的海水！曲折的溪流、江河！
啊，你们森林、田野！你们，我的国土上的雄伟高山！
啊，你们大草原！你们灰岩石！
啊，早晨的红霞！云彩！雨雪！
啊，白天和夜晚，向你们航行！
啊，太阳和月亮，万千星辰！天狼星和木星！
向你们航行！

航行，赶快航行！热血在我血管中燃烧！
啊，灵魂，立即起锚出发！
砍断缆绳，——升起、抖开每一片风帆！
难道我们像大树一样站在这地上还不够久吗？
难道我们像畜生一样趴在这里吃啊喝啊还不够久吗？
难道我们让书本把自己弄得头昏眼花还不够久吗？

向前航行——驶向纵深的水域，
啊，灵魂，不顾一切地探索吧，我和你在一起，你和我在一起，
我们开往那水手未曾敢去的地方，

我们用船、用我们自己和一切去冒险。

啊，我勇敢的灵魂！

啊，再向前、向前航行！

啊，胆大包天的快乐，但平安！难道它们不都是上帝的海洋？

啊，再向前、向前、向前航行！

为所有的大海和所有的船歌唱

1

今天要唱一支粗犷简短的歌，
唱船航行在大海上，每一艘都有独特的旗帜和船徽，
唱船上的无名好汉，唱层层无尽涌向天边的波涛，
唱激扬的浪花，唱呼啸着抽打万物的风，
还要为所有民族的水手唱赞美的歌，
歌声阵阵，如海潮汹涌。

唱年轻和年老的船长们、伙伴们、豪爽无畏的水手们，
唱那少数精干沉默的人，他们从不在命运和死亡面前惊惶低头，
你这古老的大海，悄悄地挑选，
终于把他们选拔出来，把所有民族的好汉联合起来，
你这古老强健的庇护者，养育了他们，
他们也像你一样，刚强不屈，桀骜不驯。

2

啊，大海，让所有国家的旗帜飘扬吧！
让各式各样的旗帜和船徽永远炫耀吧！
但是在所有旗帜之上你要保留一面你自己和人类灵魂的大旗，
一个所有民族的精神的徽号，象征人类凌驾于死亡之上，
象征所有勇敢的船长、所有豪爽无畏的水手，
象征所有在海上殉职的伙伴，
为了缅怀他们，所有年轻年老豪爽无畏的船长们编织了
一面永恒的长三角旗，飘扬在全世界所有勇敢的水手之上，
飘扬在所有的大海之上、所有的船之上。

在海船后面

在海船后面，在呼啸的风后面，
在桁索紧拉的灰白色的帆后面，
千万个、千万个海浪昂着头，前拥后簇，
向着大船行驶的航迹无休止地汹涌，
海浪喷着泡沫，发出喧嚣，快乐地东张西望，
海浪，起伏的海浪，明亮的不安分的野心勃勃的海浪，
开心地哗笑着，抖着弧线，奔向旋转的激流，
哪里有大船在海面航行或顺风转向，
那汪洋之中必会有大大小小的海浪渴慕地追随她，
在船行驶过的航迹，海浪在阳光下闪耀、嬉戏，
像一支混杂的队伍，有无数的泡沫、无数闪光的碎片，
追随庄严疾驰的船，追随她的航迹。

驯牛人

在很远的北方的一个县里，在平静的牧区，
住着我的农夫朋友，我这首诗的主人公，一个大名鼎鼎的驯牛人，
在那里人们把三四岁大的公牛交给他调教，
他接受世界上最野的小公牛，调教它，驯服它，
他不带鞭子，毫无畏惧地走进牛栏，那头年青的牛正暴躁地来回折腾，
它瞪着眼珠，高高地扬起脑袋没完没了地摇晃，
可是你瞧！这么快它的火气就消了——这么快驯牛人就制服它了；
你瞧！这一带农场里的上百头公牛，年青的、老的，都是叫这爷们儿驯服的，
它们都认得他，跟他亲近；
你瞧！有些牛真叫漂亮，这么高傲的模样；
有的浅黄，有的杂色，有的有斑纹，一头的脊梁上长了一条白道，
有些长着外开很宽的犄角（吉相）——你瞧！那亮闪闪的皮，

瞧，那两头牛的额上长着星儿——瞧，圆溜溜的肚子，宽展展的脊背，
它们四条腿站得多直多正——眼睛多美多机灵！
它们是怎么盯着驯牛人呀——它们盼着他就在它们跟前——它们是怎么回头看着他离开呀！
那么热切的神情！那么依依不舍！
我纳闷他在它们眼里会是什么，(书本、政治、诗歌消失了——什么都没影了，)
我承认我只是羡慕他的魅力——我那寡言寡语、大字不识的朋友，
他一辈子都在乡下，在很远的北方，在平静的牧区，
有上百头牛恋着他。

一个老头关于学校的想法

(1874 年为新泽西州卡姆登的公立学校落成而作)

一个老头关于学校的想法，
一个老头搜集青春的记忆和花朵，年轻时却做不到。

只到现在我才懂你，
啊，美好的玫瑰色天空——啊，草叶上的晨露！

我看到了这些，这些亮闪闪的眼睛，
这些贮存了神秘含义的宝库，这些年轻的生命，
像一支船队，正在建造、装备，不朽的船，
很快就要出航行驶在无边的海上，
在灵魂的航程中。

仅仅是许多男孩和女孩吗？
仅仅是叫人厌倦的拼读、写作和算术课吗？
仅仅是一所公立学校吗？

而你，美国，

你真要为你的今天好好筹划吗？

为了你明天的凶吉善恶认真打算吗？

就指望教师和学校、男孩和女孩们吧。

哥伦布的祈祷①

一个在海上遇难的老人，受尽了折磨，
被抛在这荒凉的海滩，远离家乡，
十二个月了，就困在这大海和黝黯峥嵘的山岩里，
历尽辛劳后身体疼痛、僵硬，病得差点儿死去，
我沿着岛边走，
散散这颗郁闷的心②。

我心里有太多悲伤！
也许我活不到明天；
啊，上帝，我要再一次把我、把我的祈祷献给你，
再一次在你的怀里呼吸，沐浴，和你谈心，
再一次向你述说我自己，
不然我不能休息，不能吃喝，不能睡。

---

① 克里斯托弗·哥伦布（1451—1506），美洲新大陆的发现者。惠特曼于1873年因病瘫痪，此诗在很大程度上是诗人自己生活感情状态的写照。

② 此段指哥伦布于1502年5月开始的第四次航行。他率领的四艘船中，有一艘在同印第安人冲突中被毁，另外三艘也先后损坏，哥伦布于1503年6月在牙买加弃船登岸，1504年11月才返回西班牙。

你知道我的全部经历，我这一辈子，
我一辈子操劳，勤奋工作，不只是做崇拜；
你知道我年少时做的祈祷和守夜，
你知道我成年时严肃、充满梦幻的沉思，
你知道在我开始远航之前我怎样把未来的一切献给你，
你知道我在年老时认同了所有那些誓约，严格遵守，
你知道我从没有丧失对你的信念和热情，
戴镣铐，坐监牢，受凌辱，我都没抱怨①，
接受来自你的一切，适时来自你的一切。

你引领、伴随着我的全部冒险生涯，
我的谋虑和计划是按照你的旨意开始和执行，
扬帆大海，跋涉陆地是为了你，
意图和抱负是我的，把结果留给你。

啊，我相信它们确实来自你，
那冲动、热情、不可战胜的意志，
那强大自知的内心的命令，比语言更有力，
连睡梦里都在向我悄声传递来自上天的启示，
催促我加速向前。

---

① 哥伦布在第三次航行过程中，曾被捕入狱。

由于我，那功业总算告成了，
由于我，地球上被享乐窒息的旧大陆振奋起来，
由于我，两个半球联结成为圆形，未知成为已知。

我不知道结果会怎样，那全依赖你，
或者渺小，或者伟大，我不知道——也许吧，多么广阔的原野、陆地，
也许我熟悉的那些粗野下贱的芸芸众生①，
移植到那里会长大成材，获得知识，无愧于你，
也许在那里我熟悉的刀剑真的会转变为收割的工具，
也许我熟悉的毫无生气的十字架，欧洲的死去的十字架，会在那里发芽开花。

再一次努力，我的祭坛就是这荒凉的沙滩，
啊，上帝，是你点燃了我的生命，
是你赐予了那恒定的神圣光芒，
不可言说的珍稀的光，照亮光的光，
超越了一切符号、描写和语言；
啊，上帝，我为此在这里向你下跪，说出我最后的话，
我老了，穷了，瘫痪了，我谢谢你。

---

① 粗野下贱的芸芸众生，指西班牙的下层民众和罪犯，他们被移民至新发现的美洲大陆。

我的终点近了，
我头上的云彩正在闭合，
航行遭到挫折，航线存在争议，管不了了，
我把船队交给你。

我的两手、腿脚越来越没力气，
脑子里一阵阵痛苦和糊涂，
让这朽船崩裂吧，可我不离开，
啊，上帝，浪涛在抽打我，我要紧紧靠住你，
你，你，至少我认得你。

我说的是先知的思想，还是胡言乱语？
我懂生活吗？懂我自己吗？
我连自己过去和现在干的事都不清楚，
模糊、不断变化的猜想在我眼前打转，
更新更好的世界强有力地诞生，
嘲笑着我，困惑着我。

我突然看见的这些事情，有什么意义？
好像一个奇迹，一只神圣的手拨开了我的眼睛，
朦胧巨大的形体透过天空微笑，
在遥远的波浪上航行着数不清的船，
我听见陌生的嗓音唱着圣歌向我致意。

给军舰鸟[1]

你整夜睡在风暴之上，
伸展着巨大的翅膀你苏醒了，精神焕发，
(狂飙爆发了？你早已冲到狂飙之上，
休息在天空上，你的奴隶摇着摇篮催眠了你，)
现在一个蓝点，在远远的、远远的天际飘浮，
曙光照上了甲板，我在这里望你，
(我自己也是个小点，在茫茫世界飘浮。)

在远远的、远远的海上，
夜的惊涛骇浪把失事的船骸散布海滩，
现在白天又光临了，如此幸福、宁静，
玫瑰色的轻盈的黎明，闪闪的太阳，
清澈的蔚蓝在天空扩展，
你也重新出现了。

---

① 军舰鸟，因舰船上常有它们栖息而得名；是凶猛的大型海鸟，飞翔时双翼之间可达两米多宽。

你生来要和暴风对抗，（你浑身是翅膀，）

和天、和地、和海、和狂飙较量，

你这空中的船永不卷起风帆，

累日累月不倦地向前，飞过不同的空间和地点，

黄昏俯瞰塞内加尔，清晨就到了美国，

在电闪雷鸣中嬉戏，

我的灵魂就在其中，在你的经历中，在你心中，

博大的欢乐！博大的欢乐属于你！

致冬天的火车头

你是我朗诵的诗篇！
就在此刻，在暴风雪里，在冬天的暮色里，
你披盔戴甲，节奏铿锵地震动，摇天撼地地搏跳，
你黑色圆柱的躯体，金黄的铜银、白的钢，
你笨重的侧杆、平行的连杆，在你两肋旋转、穿梭，
你有韵律地喘息、呼吼，一会儿陡然高涨，一会儿消失在远方，
你巨大突出的头灯，固定在前面，
你飘扬的灰白浅紫的蒸汽像面长三角旗，
你的烟囱吐出阴沉浓黑的云，
你紧凑的体形，你的弹簧和活门，你的轮子闪闪烁烁，
后面的车厢顺从而乐颠颠地跟着你，
你穿过狂风或平静，时快时慢，总是坚定地挺进；
现代的典范——运动和力量的象征——大陆的脉搏，
来侍奉一回诗人吧，融入诗行，就像我在这里看到的你，
携着阵阵狂风和洋洋洒洒的雪，
白天，你警钟长鸣，发出告示，
夜晚，你晃动寂静的信号灯。

嗓门凶猛的美人！
带着你无法无天的歌声和在黑夜晃动的灯光，滚滚穿越我的诗篇，
你用疯狂鸣笛的笑声刺穿一切，用地震般的隆隆轰鸣唤醒一切，
你自己就是全部法律，你牢牢抓住自己的铁轨，
（流泪的竖琴，饶舌的钢琴，它们的亲切轻松你都没有，）
你战栗的尖叫在岩石和群山撞出回声，
飘向辽阔的草原，越过湖泊，
冲上自由的天空，无拘无束，快活强壮。

在巴尼加特海湾[①]巡逻

狂野、狂野的风暴，大海汹涌地奔腾着，
狂风不停地呼啸着，不停地低声呐喊着，
着了魔似的喊着、笑着，刺耳地轰鸣着，
大浪、狂风、深夜，最野蛮的三位一体抽打着，
在阴影里乳白的浪头猛冲着，
在海岸的烂泥和沙子上，雪浪狠狠扑溅着，
从东方来的死亡之风迎着黑暗吹刮着，
通过锐利的漩涡和水雾警惕坚定地挺进着，
（看远处！那是条失事的船？那是红色信号灯在闪？）
不知疲倦地踏着海岸的烂泥和沙子直到黎明，
坚定、缓慢地，通过永不休止的沙哑吼声，
沿着深夜的边缘，乳白的浪头猛冲着，
一群模糊古怪的形体迎着黑夜，苦斗着，
向那野蛮的三位一体留心地注视着。

① 巴尼加特海湾，位于新泽西州的海岸。

老鹰调情

沿着河边马路溜达，（这是我午前的散步休息，）
突然从天上传来低沉的声音，那是老鹰在调情，
在高空中仓促的爱的接触，
爪子牢牢勾在一起，形成一个活跃热烈的轮子不停地旋转，
四个扑扇的翅膀，两只尖嘴，一团紧凑的漩涡，
翻滚着，转圈着，笔直地朝下坠，
快到河面上它们才停住，仍然结为一体，短暂的平静，
在空中保持静止不动的平衡，然后爪子放松，分开，
凭借缓慢坚强的翅膀，又朝上斜冲，
她飞她的，他飞他的，各奔前程。

构成这片风景的精灵

（作于科罗拉多的普拉特峡谷）

构成这片风景的精灵，
这些东倒西歪狰狞赤红的石堆，
这些鲁莽的野心冲天的山峰，
这些峡谷，汹涌清澈的激流，裸暴的新鲜，
这些不成形的粗野队列，它们有自己的理由，
我知道你们，野性的精灵——我们曾一起交流，
我所有的也是这般粗野的队列，它们有自己的理由，
不是责难我的歌忘记了艺术吗？
忘记了把准确精致的规则融于自身吗？
忘记了诗人整齐的节拍、精心打造的圣殿的优雅——圆柱和抛光的拱门？
但是你们在这里狂欢作乐——构成这片风景的精灵，
它们记住了你们。

当死亡也来到你的门口

当死亡也来到你的门口，
进入你的王国，昏暗无边的领地，
为了纪念我的母亲①，那神圣的包容一切的母性，
为了她，尽管已经埋葬、消失，但对于我，她没有埋葬，没有
　消失，
(我又看到那安详慈爱的脸庞，依然鲜活美丽，
我坐在她的灵柩旁，
吻着、颤抖地吻着那亲切衰老的嘴唇、脸颊和闭上的眼睛；)
为了她，理想的女人，现实，崇高，在世上的一切生命和爱里，
　她于我最珍贵，
在我走之前，在这些歌里，我立一块墓碑，
刻下纪念的诗行。

① 惠特曼的母亲于1873年5月23日去世，享年78岁。

你高高闪耀的天体

你高高闪耀的天体！你火热的十月的正午！
灰色的海滨沙滩上泛着炫目的光，
咝咝作响的近海闪现着泡沫和遥远的景象，
还有茶色的条纹、阴影和广阔的蔚蓝；
啊，灿烂的正午的太阳！我有特别的话要对你说。

听我说，辉煌的太阳！
你是我的爱人，我一直爱着你，
即使作为一个晒太阳的婴儿，一个在树林边的快活孩子，有你远道而来的光线的抚摸就足够了，
或者作为一个成熟的男人，无论年轻年老，现在我向你恳求。

你用催生果实的光和热，
普照万千农场，普照南北的陆地和海洋，
普照密西西比无尽的河流、得克萨斯的草原、加拿大的森林，
你在太空闪耀，普照地球转向你的那一面，
你公平地拥抱一切，不仅是陆地和海洋，

你对葡萄、野草和小小的野花同样挥洒大方，
倾泻吧，将你自己倾泻给我和我的一切，哪怕只是从你的亿兆
　光芒中拨出一束，
点燃这些诗篇吧。

不只为这些诗篇射出你微妙的光和力，
也准备着我自己的傍晚——准备着我拉长的影子，
准备着我星光灿烂的夜。

巴门诺克一景

离海滩不远静静漂着两条带网的船，
十个渔民在等着——他们发现一大群鲱鱼——他们把连接的围网抛进水里，
船分头划了出去，各自绕了一圈回到海滩，把鲱鱼兜进网里，
留在岸上的人用卷扬机把网收拢，
有的渔民闲待在船上，其他的站在没踝的水里，结实的腿站得稳稳当当，
船被拉上来半截，海水拍打着它们，
那些出水的绿背斑点鲱鱼，给一堆堆、一行行扔在沙子上。

海啊！你沙哑傲慢的声音

海啊！你沙哑傲慢的声音，

我日夜走在你波浪拍击的岸边，

心里想象你各种奇异的暗示，

（我悟出了，在这里明白记下你的话和与你的交谈，）

你白鬃飞扬的骏马，竞相朝目标奔驰，

你坦荡的脸在微笑，洒满阳光的酒窝，

你阴沉愤怒，迷雾蒙蒙——你放纵的飓风，

你不屈不挠，反复无常，任性固执；

你的伟大凌驾于一切，你滚滚的泪珠——在你的满足和永恒中有一种缺憾，

（只有最伟大的斗争、过错、失败，才能造就你的伟大，非此不行，）

你处境孤独——你曾反复追求的某种东西却从没得到，

某种权利肯定遭到了拒绝——在巨大单调的狂热中某种爱好自由的声音遭到禁锢，

某颗巨大的心，如同一颗行星的，在那些碎浪里被锁住而愤怒，

时间漫长的汹涌、激荡、喘息，

你的波涛和沙滩有节奏地摩擦，
发出蛇一样的咝咝声、轰隆粗野的大笑，
远处狮子低沉的吼叫，
(向上天聋了的耳朵大声呼叫——而现在的这一次，共鸣响起，
一个夜间的幽灵这一次成了你的知己，)
地球的第一次和最后一次倾诉，
从你灵魂的深处滔滔涌出，喃喃絮语，
你把宇宙的原始激情
传达给一个同气相求的灵魂。

华盛顿纪念碑[①]，1885 年 2 月

啊，这不是僵死、冰冷的大理石：
从它的基座和柱身在向远处扩展——圆形的区域在扩展、包容，
你，华盛顿，属于整个世界，属于所有大陆——不仅仅属于你，美国，
属于欧洲的每一个地方，贵族的城堡和劳动者的茅舍，
属于冰封的北方和闷热的南方——属于非洲人——属于帐篷里的阿拉伯人，属于古老的亚洲，她面带可敬的微笑坐在废墟里；
(古老的民族会欢迎新的英雄吗？这可是相同的——合法的后裔永远延续，
那不屈的心和力——是一脉相承的证明，
相同的勇气、机警、耐心和忠诚——打了败仗也不服输：)
无论在哪里，无论昼夜，只要有船在航行，有房屋在建造，
在拥挤的城市街道，在户内和户外，在工厂和农场，
现在，将来，过去——在爱国者的意志存在过或还存在的地方，

---

① 华盛顿纪念碑，为纪念美国第一任总统乔治·华盛顿而建，位于美国首都华盛顿，于 1884 年 12 月 6 日竣工。

在有自由和宽容、在有法律统治的地方，

你真实的纪念碑都矗立着，或正在拔地而起。

二十年

走下老旧的码头，我在沙滩坐下，和一个新来的人聊天：

他上船时还是个嫩手的小子，出海去了，(怀着什么突然冒出的奇想；)

从那以后，二十多个春秋一圈一圈过去了，

他也绕着地球转了一圈又一圈，——现在回来了：

这地方真的变了——老的界标全没了——父母都过世了；

(是呀，他回来了，打定主意安顿下来——腰包挺鼓的——可除了这儿别处他都不想去；)

我看见把他从帆船摇上岸的那条小船，正用皮带拴着，

我听见海浪拍击着，那条小船在沙子里没完没了地晃荡，

我看见水手的工具包、帆布袋、箍着黄铜的大箱子，

我端详起他胡子拉碴、棕色的脸——结实健壮的身板儿，

穿一套黄褐色衣服，是用上好的苏格兰呢缝的：

(那么，那才说出口的二十年的故事呢？将来会怎样？)

百老汇

日日夜夜，湍急的人潮！
多少欲望、功名、困惑、热情，在你的潮水里浮涌！
多少罪恶、幸福、悲伤的漩涡充斥了你！
多少新奇、疑问的目光——爱情的窥视！
媚眼、嫉妒、嘲笑、轻蔑、希望、抱负！
你是大门——是竞技场——是无数拉得长长的队列和团伙！
(只有你的石板路和路边的门面能说出它们奇特的故事；
你富丽的橱窗，庞大的饭店——宽阔的人行道；)
你有的是无穷无尽溜溜达达、斯斯文文、磨磨蹭蹭的脚！
你，就像这五彩缤纷的世界——就像这没完没了、繁杂戏谑的生活！
你这戴着假面的盛大表演，不可言说的人生的学校！

老水手柯萨朋

很久以前，我母亲那边的一个亲戚，

老水手柯萨朋，我告诉你他是怎么死的：

（他当了一辈子船员——快九十了——和他嫁了人的孙女詹妮住在一起；

房子在小山上，看得见附近的海湾、远处的海岬，一直到大海；）

最后一个下午，黄昏时候，按他多年的习惯，

在窗边的大圈椅里坐着，

（真的，有时一坐就是半天，）

望着船来来往往，自己嘟嘟囔囔——现在一切就要结束了：

那天，一艘开出的双桅船折腾了好久——被横向的海流挡住了，航向总不对，

终于，在天黑时风向顺了，她时来运转，

他望见船快速绕过海岬，骄傲地驶入黑暗，

“她自由了——她正开往目的地。”——这是他最后的话——等詹妮进来时，他坐在那儿死了，

荷兰人柯萨朋，老水手，很久以前我母亲那边的亲戚。

草原落日

四射的金黄，栗色和紫色，耀眼的银色，翠绿，浅褐，
大地的全部宽广和大自然的种种力量，一时间都托付给了色彩；
光，占领了整个天空——色彩，至此才得一见，
汪洋恣肆——不仅在西方的天空——也布满北方和南方，
纯净明亮的颜色和静悄悄的黑影争斗，直到最后。

宁静的日子

不仅是由于成功的爱情，

也不是由于财富、中年的荣誉、在政坛或战场的胜利，

而是当生命的潮水退落，当所有躁动的激情平息，

当美丽、朦胧、寂静的色彩布满黄昏的天空，

当温馨、丰满、闲适如同更加清新芬芳的空气洋溢于心胸，

当白天的光柔和起来，当苹果终于熟了，懒懒地挂在树上，

这才是最平和、最愉快的日子！

沉思而有福的宁静的日子！

致傍晚的风

啊，细声细语的，又是什么看不见的东西，
在这个炎热的傍晚进入我的门窗，
你，沐浴着、舒缓着一切，凉爽得让我清醒，温存地给我活力，
我老了，孤单，又病又弱，好像要在汗水里溶化耗尽；
你，依偎着，坚定温柔地紧拥着我，是比聊天、书本和艺术更好的伙伴，
(啊，大自然！天地万物！你对我的心说的话超越了一切，)
吸进你淳朴的味道真叫甜美——你的手指在我的脸和手上抚动，
你给我的肉体和灵魂带来魔法般的信息，
(距离不管用了——玄妙的药从头到脚渗透了我，)
我感到了天空、辽阔的草原——我感到了浩荡的北方的湖，
我感到了海洋和森林——不知怎的我感到了地球在空间急速泳动；
从你唇间吹出的气息这样亲切，现在消失了——也许是上帝送的，来自那无尽的珍藏，
(你是灵性的、神性的，在我心里至高无上，)
此时此地，告诉我吧，那从没讲过、不能讲出的话，

你不是宇宙万物的升华吗？是律法的、全部天文学的最终结晶吗？

难道你没有灵魂？我不能认识你、辨认你吗？